짧은 소설
쓰는 법

짧은 소설, 쓰는 법

상처와 슬픔을 다독이는 소설 창작 안내서

쓰담문고 001

초판 1쇄 발행 2021년 4월 10일
초판 5쇄 발행 2023년 4월 10일

지은이   이문영
펴낸이   이영선
책임편집 이현정

편집   이일규 김선정 김문정 김종훈 이민재 김영아 이현정 차소영
디자인   김회량 위수연
독자본부 김일신 정혜영 김연수 김민수 박정래 손미경 김동욱

펴낸곳 서해문집 | 출판등록 1989년 3월 16일(제406-2005-000047호)
주소 경기도 파주시 광인사길 217(파주출판도시)
전화 (031)955-7470 | 팩스 (031)955-7469
홈페이지 www.booksea.co.kr | 이메일 shmj21@hanmail.net

ISBN 979-11-90893-53-4 43800

쓰담
001

짧은 소설
쓰는 법

이문영 지음

서해문집

소설의 힘

소설이란 그럴싸하게 보이는 재미있는 이야기입니다. 어떤 사람들은 소설을 좋아하고, 어떤 사람들은 소설을 싫어합니다. 특히 부모님 중에 싫어하는 분들이 많죠. 이유는 간단합니다. 시험 치는 데 도움이 안 되고, 오히려 방해가 된다고 생각하기 때문입니다.

사실 소설은 당장 써먹을 수 있는 유익한 정보 모음도 아니고, 심오한 인생 철학을 말하는 책도 아니고, 세상을 설명해 주지도 않습니다. 소설을 보는 건 그저 시간이나 때우는 일에 불과한데, 재미로 말하자면 영화나 만화가 훨씬 더 나으니 소설이란 정말 쓸모없죠.

하지만 소설에는 힘이 있습니다. 글자를 보면서 이미지를 떠올리게 하는 힘입니다. 내가 사는 세상과 다른 세상을, 내가 겪은 삶과 다른 삶을, 내가 있는 시간과 다른 시간을 알려 주는 힘입니다. 소설에서만 찾을 수 있는 힘은 아니지만, 이 모든 걸 한꺼번에 가지고 있는 것은 소설뿐입니다.

소설은 지구본과 같습니다. 우리는 지구에 살고 있는 한 진짜 지구를 볼 수 없습니다. 하지만 지구본을 보면서 어떤 행성에 살고 있는지 알 수 있죠. 소설은 이처럼 나 아닌 사람(어떤 때는 사람이 아니기도 합니다)들이 살아가는 모습을 보여 줍니다.

그렇게 우리는 소설을 통해 다른 삶을 겪게 됩니다. 또 이 경험을 통해 소설을 읽기 전과는 다른 사람이 됩니다. 경험치를 쌓아서 레벨 업 하는 것처럼 말이죠. 이것이 소설이 갖는 가장 큰 힘, 변화의 힘입니다.

소설을 읽기만 해도 가질 수 있는 이 힘은 소설을 써 본다면 더 확실히 얻을 수 있습니다. 여러분이 직접 변화를 일으키는 사람이 되는 겁니다.

어떤 소설이건 그것이 소설이라 불리는 한, 변화를 그 안에 지니고 있습니다.《검은 고양이》로 잘 알려진 소설가 에드거 앨런 포의 추리소설,《모르그 가의 살인 사건》으로 이야기를 해 보겠습니다.

포가 이 소설을 쓴 것은 1841년(추사 김정희가 제주도에 유배되어 〈세한도〉를 그린 때가 1844년입니다). 그렇게 오래된 소설임에도 오늘날까지 많은 사람들이 읽고 있는 추리소설의 원형이죠. 단지 시초여서가 아니라, 실제로 재미있기 때문입니다.

주인공 뒤팽은 파리의 모르그 가에서 벌어진 기묘한 살인 사건에 끼어듭니다. 살인 혐의를 받은 르 봉 씨를 돕기 위해서입니다.

사건 현장에 있던 여러 사람들은 각자 보고 들은 것을 성실하게 증언합니다. 하지만 그들이 전체를 보지 못하고, 자기가 알고 있는 부분만을 근거로 살인자를 지목했음이 뒤팽에 의해 낱낱이 밝혀집니다. 결국 르 봉 씨는 혐의를 벗고 풀려납니다.

추리소설에서 처음에 범인으로 지목된 사람이 마지막에서도 범인인 경우는 없습니다. 이미 예정된 변화와 같죠. 그게 무슨 변화냐고요?

뒤팽이 정보를 모으고 종합해서 판단하는 과정을 따라가며 독자는 '깨달음'을 얻습니다. 어느 한쪽의 의견만을 들었을 때 벌어질 수 있는 잘못된 판단이 누군가를 죽음으로 몰 수도 있다는 겁니다. 사람들이 얼마나 자기 마음대로 생각하는지 보여 주는 것, 그것이 이 소설의 진짜 재미입니다.

소설 속의 변화는 필연적으로 그 소설을 읽는 독자의 변화로 이어집니다. 어떤 소설은 분노를 느끼게 하고, 어떤 소설은 눈물을 흘리게 하고, 어떤 소설은 유쾌한 웃음을 터뜨리게 합니다.

미국의 소설가 제임스 미치너는 말합니다.

소설은 무엇을 추구하는가? 가슴에 불을 지르는 것이다.

불은 변화의 상징입니다. 물질의 성질을 바꿔버리니까요. 소설을 쓴다는 것은 읽는 사람의 가슴에 변화를 가져오는 일입니다. 불처럼 격렬하게.

불같은 변화는 아무렇게나 일어나는 것이 아닙니다. 작가가 계획해서 만들고 짜 넣은 결과입니다. 어떤 소설에서는 그런 변화가 양파 껍질처럼 층층이 몇 겹이나 있기도 합니다. 소설을 읽으며 독자는 작가가 숨겨 놓은, 그러나 알리고 싶어 하는 비밀에 접근하게 되죠. 그리고 양파를 벗기며 눈물을 흘리듯이 겹겹의 비밀을 풀어 나가면서 스스로 변화하는 자신을 느끼게 됩니다.

그런 소설 속의 세계를 작가는 상상하고 창조합니다. 자신이 만든 세계에 찾아온 독자가 세계를 다 관람하고도 똑같은 자리에 서 있지 않도록, 곳곳에 표지판을 세워 작품 속의 고갱이를 찾아가게 합니다. 이렇게 길을 닦음으로써 작가 자신도 변화합니다. 제임스 미치너의 목표 중 하나가 바로 '부지런히 글을 써서 내 영혼을 밝히는 것'이었죠. 우리는 소설을 쓰며 마음의 응어리를 풀고 영혼의 평온을 되찾는 경지에 이를 수 있습니다. 이 책은 그 길로 가는 법을 안내하는 길잡이가 되어 줄 겁니다.

세상에는 많은 소설 작법서들이 있습니다. 오늘날 소설은 너무나 다양한 형태로 발전해서 어떤 소설을 쓰느냐에 따라 다 다른 작법이 필요해졌기 때문입니다.

하지만 어떤 작법서도 소설을 잘 쓰게 만들어 주지는 않습니다.

그래서 이 책에서는 모든 작법을 다루진 않을 겁니다. 대신 아주 기초적이고 누구나 따라 해 볼 수 있는 이야기를 하려고 합니다.

글쓰기에 자신이 없다고 지레 포기하지는 마세요. 모든 마술이 그렇듯이 글쓰기 역시 그 비밀을 알고 나면 대단한 일이 아니라는 걸 깨닫게 될 테니까요. 우리가 제일 먼저 해야 할 것은 글쓰기에 대한 두려움을 내려놓는 겁니다.

차례

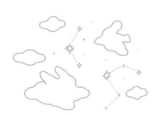

즐거운 글쓰기

1

청소년들 중 대부분은 아마도 책 제목을 보고 이런 생각을 했을 것 같습니다.

'나는 장래 꿈이 소설가도 아니고, 글쓰기에 소질도 없어. 그러니까 이런 책은 읽을 필요도 없어.'

자, 하지만 부디 조금만 더 읽어 봐 주기 바랍니다.

이 책은 소설가가 되고 싶은 청소년만을 위해서 쓴 것이 아닙니다. '글쓰기'라는 말만 들어도 머리가 아픈 청소년들을 위해서 쓴 책입니다.

소설은 무엇으로 이루어져 있을까요? 글로 이루어져 있습니다. 그러니까 소설을 쓴다는 것은 우선 글을 쓰는 데서 시작하게 됩니다. 달리기 위해서는 먼저 걸을 줄 알아야 하는 것과 같습니다.

물론 글쓰기는 시간만 지나면 할 수 있는 걷기보다는 조금 더 어렵습니다. 글쓰기부터 좋아하지 않는다면 소설을 쓴다는 건 거의 불가능한 이야기가 될 겁니다.

그런데 정말 글쓰기가 어려워서 싫어하는 걸까요? 말을 글자로 옮기면 글쓰기가 됩니다. 말을 하지 않아도 생각을 옮기면 글이 되죠. 그러니 사실은 어려운 것이 아닙니다. 그런데도 글쓰기가 어렵다고 생각하죠.

여러분은 '글쓰기'라고 하면 어떤 생각이 가장 먼저 떠오르세요? 백지 앞에서 연필을 뱅뱅 돌리고 머리칼을 쥐어뜯으며 창밖을 내다보는 게 일반적인 모습일 겁니다. 대체 뭘 쓰라고 하는 건지 알수도 없고, 쓸 만한 이야기도 도통 떠오르지 않습니다. 소재(참새, 저녁밥, 볼펜, 낙엽 같은 소재로 대체 무슨 이야기를 쓰란 말이에요?)가 주어져도 마찬가지고 주제가 주어져도 손발이 오글거리는 이야기밖에 생각이 나지 않습니다. 자연히 글쓰기라는 걸 해야 하는 상황 자체가 짜증 나고 원망스럽겠죠.

그렇다면 그걸 한번 써 보는 건 어떨까요?

나는 짜증이 난다. 쓸 말도 없는데 글이라는 걸 써야 한다는 것이 너무 싫다. 진짜 싫다. 글쓰기 같은 건 없어졌으면 좋겠다.

'왜?'부터 시작하자

이 대목에서 좀 더 생각을 해 봅시다. 글쓰기는 대체 왜 하는 걸까요? 여러 가지 대답이 있을 수 있겠죠. 단순히 "선생님이 시키니까"라는 대답도 있을 것이고, "글쓰기를 잘하면 대학 가기 쉬우니까"라는 대답도, "우리를 괴롭히려고"라는 심통 난 대답도 나올 겁니다.

글쓰기는 대체 왜 하느냐면, 바로 "왜?"라는 질문에 답하기 위해서라고 할 수 있습니다.

'왜'는 우리의 생각 이상으로 강력하고 중요한 물음입니다.

저 먼 선사시대를 한번 떠올려 보세요. 아득한 그때의 누군가가 과일을 먹고 남은 씨앗을 뱉어버린 자리에서 뭔가 꼬물거리며 자라나는 모습을 보고 맨 처음으로 '왜'라는 질문을 가졌을 것입니다. 만일 '왜'라고 묻지 않았다면, 그리고 그런 질문을 가지고 자신의 눈에 비친 현상을 탐구하지 않았다면 인류는 늘 제자리걸음이었겠죠. 위대한 최초의 질문 덕분에 우리는 오늘날의 문명을 이룩하게 된 겁니다.

아기들은 선사시대의 첫 질문자처럼 '왜'라는 말을 입에 달고 삽니다.

"밥 먹자."

"왜?"

"밥 먹어야 튼튼해지니까."

"왜?"

"밥에는 사람 몸을 튼튼하게 해 주는 것들이 많이 들어 있거든."

"왜?"

"그만하고 빨랑 입 벌려!"

하지만 아기들은 다음에 또 궁금한 게 생기면 어김없이 질문을 던집니다. 언제나 그 질문에 답을 해 줄 수 있는 사람이 있다면 좋겠지만, 그런 사람이 없을 때는 스스로 답을 찾아봐야 합니다. 그 과정에서 가장 좋은 것이 바로 글쓰기죠.

6·25에 대해서 글쓰기를 해 오라는 숙제가 있다고 합시다. 그럼 제일 먼저 생각하는 건 바로 '6·25는 왜 일어났는가?'입니다. 그다음에는 '6·25가 어떻게 진행되었는가?'이겠습니다. 하지만 그 '어떻게'도 조사해 나가다 보면 역시 '왜' 그렇게 진행되었는지 묻게 됩니다.

- 6·25가 일어난 후 왜 3일 만에 서울이 함락되었을까?
- 피난민이 건너고 있는 한강 다리를 왜 폭파시켰을까?
- 북한군은 왜 낙동강 방어선을 넘지 못했을까?
- 맥아더 장군은 왜 인천을 상륙 지점으로 삼았을까?

이처럼 '왜'를 생각하다 보면 무슨 이야기를 써야 하는지 쉽게 감을 잡을 수 있습니다.

탐구에서 상상으로

'왜'가 글쓰기에서 중요한 또 다른 이유는 상상을 불러오기 때문입니다.

'새는 어떻게 하늘을 날 수 있을까?'라는 질문을 가지면 과학적인 탐구가 시작됩니다. 새의 날개가 어떤 역할을 해서 새를 공중으로 솟아오르게 하는지 공부해야 하죠. 하지만 질문을 '새는 왜 하늘을 날까?'로 바꾸면 상상이 시작됩니다.

모든 생물은 바다에서 시작되었다고 합니다. 어떤 동물들은 육지로 올라왔고 어떤 동물들은 하늘로 날아올랐습니다. 그들은 왜 하늘로 날아오르게 되었을까요? 물론 여기서도 과학적인 답을 찾을 수 있을 겁니다. 하지만 이런 걸 상상해 보세요. 어떤 동물이 파란 하늘을 올려다보면서 날고 싶다고 생각하는 장면을. '왜'라는 질문을 갖지 않으면 상상할 수 없는 장면입니다.

그러니 글쓰기를 하기 위해서는 먼저 '왜'를 떠올리는 겁니다.

바다를 소재로 글을 쓴다고 해 보죠. 수많은 '왜'를 떠올릴 수 있습니다. 옛날에 어떤 사람은 이런 생각을 했습니다.

- 바닷물은 왜 짤까?
- 바닷물은 강물이 흘러들어가서 만들어지는데 강물은 왜

안 짤까?

- 강물이 저렇게 흘러들어가는데 바닷물은 왜 싱거워지지 않을까?

여기서 상상이 시작됩니다. 바닷물이 짠 이유는 바닷속에서 계속 소금이 만들어지고 있기 때문이 아닐까? 그래서 강물이 계속 들어가도 심심해지지 않는 것이 아닐까? 이렇게 해서 바닷속에서 끝없이 소금을 만들어 내는 요술 맷돌이 등장하고, 그 요술 맷돌이 바닷속에 왜 들어갔는지 설명하는 이야기가 만들어집니다.

'왜'가 끝이 없듯이 '상상'도 끝이 없습니다. 한번 시작되면 꼬리에 꼬리를 물고 이어 나갈 수 있죠. 아기처럼 질문을 끊임없이 던지다 보면 이야기는 점점 더 커져 가고 점점 더 재밌어집니다. 그래서 즐거운 글쓰기가 되는 거죠.

어라? 속은 것 같다고요? 여전히 글쓰기는 골치만 아프고 재미없는 것이라고요? 그건 질문에 대한 답을 스스로 생각하기가 어렵기 때문입니다. 앗, 반론이 들어옵니다.

"답을 찾는 건 어렵지 않아! 답이 너무 빤해서 힘든 거라고!"

답이 너무 빤하다고요? 이건 또 무슨 말일까요?

"아휴, 답답해. 글쓰기 공모전에서 '밥'을 가지고 글을 쓰라고 하면 뭘 써야 하겠어? 밥에 얽힌 사연이겠지. 그럼 아빠가 힘들게 번

돈으로 엄마가 새벽에 일어나서 짓는 밥, 나는 맛있게 먹고 그 보답으로 열심히 공부해야 되고. 아이고, 손발이 막 오글거리네!"

아하, 이런 이야기였군요. 도덕적으로 올바른 이야기만 써야 할 것 같아서 답이 딱 정해진 글쓰기를 한다면 그렇게 생각할 수 있을 것 같습니다. 재미가 없을 수밖에요.

상상의 눈덩이 굴리기

이 책을 읽고 있는 여러분들도 잠 못 들고 뒤척인 밤이 있을 것입니다. 그런 밤이면 저절로 이런저런 생각을 하게 마련입니다. 저는 어렸을 때 잠이 잘 오지 않으면 '세 가지 소원'을 상상하곤 했습니다. 제게 세 가지 소원을 들어주는 마법의 반지가 있다고 하고, 소원을 빌어 보는 거죠. 어떤 소원을 빌까 상상하다 보면 끝도 없이 많은 소원이 떠오릅니다. 똑똑해지고, 힘도 세지고, 세계를 정복(?)하고….

이처럼 상상이란 아무런 비용을 지불하지 않고도 우리를 재미있게 해 주는 아주 경제적인 놀이입니다. 그뿐만이 아닙니다. 상상은 진화합니다. 노벨물리학상을 받은 아인슈타인이 발견한 상대성 원리도 그 시작은 바로 상상에 있었죠.

어느 날 아인슈타인은 빛의 속도로 우주를 날아가다가 자기 얼굴 앞에 거울을 놓으면 그 거울에 얼굴이 비칠까, 비치지 않을까 상상했대요. 거울에 얼굴이 비치는 건 빛이 반사되기 때문인데, 빛과 같은 속도로 날아가고 있으면 얼굴에 비친 빛이 거울에 도달했다가 다시 자기 눈까지 되돌아올 수 있을지 궁금했던 것이죠(답은 '그렇다'입니다). 이 상상은 상대성원리라는 법칙을 찾아내는 데 원동력이 되었답니다.

여러분이 만약 '밥'에 대해서 쓰라는 이야기를 들었다면 밥에 관한 질문을 던져 보세요. 억지 같아 보여도 괜찮습니다. '왜'로 시작해 봅시다.

- 밥은 왜 먹어야 할까?
- 밥은 왜 여러 가지 종류가 있을까?
- 밥은 왜 맛있을까?
- 밥은 왜 반찬이랑 먹어야 할까?
- 밥은 왜 짓는다고 할까?
- 밥은 왜 쌀에 물을 넣어서 짓는 걸까?

그리고 '왜'를 가지고 마음껏 '상상'해 보는 겁니다. 예를 들어 밥의 종류에 대해서 우리가 상상할 수 있는 것은 거의 무한대에 가깝습니다. 볶음밥, 짜장밥, 짬뽕밥, 비빔밥, 제육덮밥, 생선초밥처럼 사 먹는 밥의 종류만 해도 무척 다양합니다. 개밥, 돼지밥, 새밥처럼 사람이 먹지 않는 밥도 생각할 수 있겠네요. 쌀밥, 보리밥, 콩밥, 조밥처럼 밥에 들어가는 곡물로 분류하는 방법도 있고요.

밥은 양식이니까, '책은 마음의 양식'과 같은 말도 떠올릴 수 있겠죠.

밥을 짓는 과정을 생각해 보면 전기밥솥, 압력밥솥, 냄비밥, 솥밥 같은 식으로 도구에 대해서 이야기할 수 있습니다. 지은 밥의 상태에 따라 고두밥, 진밥, 삼층밥도 있고, 쌀 씻기, 쌀 불리기, 밥물 맞추기와 같은 동작도 떠올릴 수 있습니다.

처음에 소재는 '밥' 하나였는데, 이렇게 상상하다 보니까 소재가 갑자기 확 늘어났습니다. 그렇죠? 하지만 상상을 막연히 머릿속에서만 하면 잘 정리가 되지 않습니다. 백지를 놓고 생각나는 것들을 적어 보면 좋습니다.

지금같이 주어진 소재가 없어도 마찬가지입니다. 뭔가에 대해서 글을 쓰고 싶다면, 먼저 그 뭔가에 대해서 생각나는 것들을 좍 써 보세요. 최초의 생각이 그물이 되어 다른 생각들을 낚아 올리게 됩니다. 볶음밥을 떠올렸다고 하면 중국집, 계란 프라이, 당근, 커다란 프라이팬, 짜장 소스 등등을 연상하게 되는 것처럼요. 그러다 보면 어느 사물이나 단어 하나가 마음에 울림을 주기 마련입니다. 그에 얽혀 있는 이야기가 떠오르는 거죠.

　이런 일은 상상을 많이 하면 할수록 점점 더 쉬워집니다. 그리고 많이 상상하면 할수록 상상하는 능력은 점점 더 진화합니다. 머리도 마치 근육과 같아서 상상이라는 운동을 많이 하면 할수록 점점 더 멋지게 변하는 겁니다.

글쓰기의 비밀

하지만 이렇게 중얼거리는 청소년이 있을지도 모르겠네요.

　"다 소용없어. 난 태어나서 줄곧 학교 갔다 학원 갔다 집에 와서 잠만 잤다고! 무슨 특별한 경험이라는 게 없어! 그러니 아무리 상상해 봐도 쓸 이야기 따위가 있을 리가 없지."

　인류는 사실 매우 비슷한 존재들로 이루어져 있습니다. 인간을 특징짓는 DNA의 경우, 사람과 사람 사이의 차이는 불과 1퍼센트밖에 되지 않습니다. 즉, 모든 인간은 99퍼센트가 동일한 존재인 것이죠.

　그런데 이 1퍼센트의 차이로 얼마나 다양한 인간이 존재하는지 입 아프게 이야기하지 않아도 잘 알고 있을 겁니다(인간과 침팬지의 차이도 1.6퍼센트에 불과하대요). 사람들은 다 독특한 존재입니다. 지문도

홍채도 목소리도 각기 다르죠. 우리는 모두 비슷한 존재인 동시에 전혀 다른 사람이라는 걸 기억하세요. 같은 경험을 했다고 해도 서로 다르게 받아들일 수 있답니다. 그것이 바로 사람이죠.

혹시 속상했던 적이 있었다면 한번 떠올려 보세요. 오해를 받아서 억울했던 일, 위로가 필요했는데 핀잔을 당해 오히려 상처 받았던 일, 대수롭지 않은 일이었는데 심하게 야단맞아서 울었던 일, 친구에게 진심을 이야기했는데 장난으로 되돌려받아 외로웠던 일, 어떤 아이를 짝사랑하면서 가슴 졸였던 일, 다른 아이와 비교당해 짜증 났던 일, 부모님이 나를 하나도 이해해 주지 않아서 슬펐던 일….

"그런 일은 생각하고 싶지 않아. 생각만 해도 짜증 난다고!"

그래요. 생각만 해도 짜증이 납니다. 안 그래도 이 땅의 청소년들은 짜증 나는 일이 엄청나게 많죠. 그런데 짜증 나는 일을 돌이켜 생각까지 해야 한다니, 이거 진짜 짜증 나는 일입니다.

하지만 결론부터 말하자면 글쓰기로 이런 짜증을 극복할 수 있습니다. 어떻게 그것이 가능한지 이야기해 보겠습니다.

위로하는
글쓰기

2

저는 6년이 넘도록 매주
청소년 문학 사이트 〈글틴〉에서
청소년들이 쓴 소설을 읽고 평했던 적이 있습니다.
3000여 편이 넘게 읽었죠.

읽다 보면
참 여러 가지를 고민하게 됩니다.
청소년의 생각과 아픔이
글 속에 비치기
때문입니다.

그런데 어른들은
이런 문제를 가볍게 여기는
경우가 많습니다.
이미 다 겪어서 하나의
'추억'으로만
생각합니다.

학교에서 억울한 일을 당한 적이 있나요? 물론 있겠죠. 그런 경험이 전혀 없다면 우리나라에서 학교를 다니지 않은 것이 틀림없습니다. 그래서 집에 와서 그 이야기를 합니다. 비분강개해서 엄마한테 이야기를 늘어놓죠. 그런데 듣고 있던 엄마가 문득 이런 말을 합니다.

"왜 그랬니?"

"뭘요?"

그러면 엄마는 네가 잘못했다고 하거나 더 나은 행동을 했어야 한다고 말합니다. 그런 이야기를 듣고 싶었나요? 엄마에게 충고를 듣고 싶어서 이야기를 하던 중이었나요? 아닙니다. 그냥 엄마가 내 이야기를 듣고 내 편을 들어 주기를, 싱크로율 100퍼센트로 지지해 주고, 짜증 나는 내 마음을 위로해 주기를 바랐던 것입니다. 하지만 엄마는 난데없이 네가 잘못해서 일이 그렇게 된 거라고 '지적질'을 합니다. 짜증은 두 배로 치솟습니다.

이런 과정을 거치는 동안 많은 청소년은 자신을 이해해 주는 사람은 아무도 없다며 비감해지기 일쑤입니다. 고독은 청소년기의 운명과도 같은 것이죠. 사실 이건 딱히 우리나라만의 문제는 아닙니다. 어디서나 청소년들은 스스로를 가엾게 생각하고 조금 지나치면 무기력증에 빠지기도 합니다.

청소년들의 고민, 우울, 짜증이 글쓰기와 무슨 상관이 있냐고요? 깊은 상관이 있습니다.

나를 다독이는 시간

어느 나라든 문제가 없는 곳은 없겠지만 우리나라 청소년들은 유례없는 억압을 받고 있죠. 모든 공부가 수직으로, 대학 입학을 위해 늘어서 있고 학교에서는 개인의 자유를 억압하는 일도 심심찮게 일어납니다. 획일적인 태도를 강요하고 아무리 추워도 학교에서 정한 외투만 입으라고도 합니다. 심지어 다른 애들 공부 방해하지 말고 대학 가기 싫으면 조용히 자라는 식으로 투명 인간 취급을 하기도 하죠. 분노가 치밀어 오르는 상황을 하루에 열두 번도 더 겪게 됩니다.

그래서 화가 났었을 때 다른 사람들이 어떻게 했는지 생각해 보세요. 어떤 말로 나를 아프게 했는지, 어떤 행동으로 내 기분을 상하게 했는지 되돌아봅시다. 그리고 상상해 봅시다. 그때 어떻게 했으면 좋았을지를.

"아, 그러니까 그때 내가 화를 안 냈으면 됐겠지. 그럼 아무 문제도 없었을 거 아냐. 그런 걸 왜 생각하라고 하는 거야"라고 짜증을 낼지 모르겠네요. 하지만 그런 걸 상상하라는 뜻이 아닙니다.

그때 꾹 참았다면, 아무 일도 일어나지 않았겠죠. 그냥 착한 아이로, 얌전한 학생으로 남았을 겁니다. 하지만 그건 아무런 해결도 되지 않잖아요? 상처를 받았지만 어떤 행동도, 내색도 하지 않았다면 아무도 모르는 일이 되고 말았겠죠. 그냥 없었던 일에 불과한 것입니다.

"내 말이! 그러니까 아무 일도 없으면 그걸로 되는 거잖아! 아무 일도 안 하면 최소한 착한 사람은 되겠지!"

워워, 진정하자고요. 짜증은 그대로 남아 있네요? 불만이 아직도 마음 가득히 들어 있습니다. 그렇지 않은가요? 그건 해결이 아니죠.

"어차피 해결 따위는 없다고! 그건 다 지나간 일인데, 뭐. 이제 와서 해결할 방법도 없어."

그렇지만은 않습니다. 그때 일은 여전히 여러분 마음속에 고스란히 들어 있습니다. 피를 흘리면서 여러분을 괴롭히고 있는 겁니다. 그러니 되돌아볼 필요가 있죠. 아무도 위로해 주지 않는다면 여러분 스스로라도 다독여 줘야 합니다.

누군가는 운동이나 명상을 권할 수 있습니다. 또 다른 누군가는 독서를 권할 수 있고 더러는 동아리 활동을 권할 수도 있습니다. 다 좋은 방법이고 나름의 효과가 있을 겁니다. 제 경우엔 고등학교 시절 특별활동부로 서예부에 들어갔는데, 매일 아침 눈을 뜨면 이렇게 중얼거렸죠.

"서예부 가자. 난 학교 가는 게 아니야. 서예부 가는 거지."

효과가 있었습니다. 학교 공부는 서예부를 가야 하니까 어쩔 수 없이 감수해야 하는 혹이었죠. 마찬가지로 효과가 있는 일이 하나 더 있습니다. 뭔지 이미 짐작들 하겠죠?

네, 그렇습니다. '글쓰기'입니다.

일기와 복수노트

아마 초등학교 시절부터 귀에 못이 박히도록 들었을 겁니다. 매일 매일 일기를 쓰면 좋다는 그런 이야기 말입니다. 일기를 쓰는 건 참 좋은 습관입니다. 정말 매일매일 쓸 수만 있다면요. 하지만 매일매일이 전쟁터라 집에 돌아오면 씻고 자기도 바쁜데 언제 일기를 쓴

단 말입니까? 때로는 양치질도 안 하고 자는 바람에 자다가 혼나기도 하는 판에요.

걸림돌은 쓸 만한 사건이 없다거나 쓸 시간이 부족하다는 것만이 아닙니다. 일기는 그 속성상 절대 남에게 들키면 안 된다는 문제가 있습니다. 이 걱정에서 완전히 해방되지 않고는 일기장에서조차 솔직해지지 못하는 문제가 생깁니다. 숨김없이 쓴다는 전제 아래 적는 글마저 마음껏 쓸 수 없다면 자기 자신을 속이는 것이고, 이는 자존감을 떨어뜨리는 결과로 이어집니다.

엉뚱한 이야기같이 들리겠지만 복수할 일을 적어 보는 것도 괜찮은 습관입니다. 억울한 일, 분한 일을 글로 옮겨 보는 거죠.

저는 어렸을 때 몹시 마르고 약한 아이였습니다. 아이들하고 싸우면 얻어터지기 일쑤였죠. 그런 날에는 돌아와 '복수노트'를 꺼내 들었습니다. 일기장이 아닙니다. 장차 힘을 얻게 되면 복수할 그날을 위해 적는 노트였죠. 불행히도 지금은 잃어버려서 복수를 하려고 해도 할 수 없게 되었습니다만.

처음에는 분노에 차서 떠오르는 대로 적는데, 글로 옮기는 과정에서 아무래도 생각이 정리되기 마련입니다. 그날 있었던 일을 돌이키면서 적기 때문이죠. 글은 그 자체만으로도 마음을 진정시키는 효과가 있습니다.

있었던 일을 다 적었다면 여기에 앞서 이야기한 것처럼 '왜'를 보태 봅시다. 그러면 복수하고 싶은 상대가 '왜' 그런 행동을 했는지 생각해 보게 됩니다.

왜 나한테 그렇게 했을까? 다른 방법은 정말 없었을까, 하고 고민하게 되는 것이죠. 누군가 옆에서 지적질을 한다면 신경질이 나겠지만 자기 자신에게 화를 낼 필요는 없으니 한번 짐작해 보세요. 다른 행동을 했다면 상대는 어떻게 했을지.

복수를 할 수 있다면 어떻게 할 건지 상상해도 괜찮습니다. 막연한 공상이라도 좋습니다.

"싫어. 그건 '정신승리'잖아. 그런 건 찌질이들이나 하는 짓이라고!"

정신승리. 인터넷상에서 유명한 말이죠. 논쟁이 벌어졌을 때 상대의 논리에 밀리게 되면 엉뚱한 소리를 하면서 내가 이겼다고 말해버리는 걸 정신승리라고 하는데, 20세기 중국의 대문호 루쉰이 쓴 《아Q정전》의 주인공 '아Q'가 하는 행동에서 따온 말이기도 합니다.

아Q는 불량배들에게 두들겨 맞은 뒤에 불량배를 자기 자식이라고 상상합니다. 요즘 세상이 글러 먹어서 자식들이 아버지를 때린다고 생각하며 만족하죠. 그 사실을 안 불량배들은 아Q를 짐승이라 부르며 때립니다. 하지만 그는 이번엔 스스로를 벌레라고 일컬으면서 자기가 자기 자신을 경멸하는 데 1인자라고 싱글벙글합니다. 심지어 그렇게 위안할 수 없을 때는 자기 뺨을 때린 다음에 남을 때린 것이라 여기며 의기양양해지기까지 하죠.

"봐, 상상이라는 건 결국 현실에서 힘도 없는 것들이 정신승리하는 거에 지나지 않아. 그래 봐야 비참할 뿐이라고."

그것은 틀린 말입니다. 아Q가 비참한 이유는 그가 잘못된 위안을 찾았기 때문입니다. 아Q는 그저 현실에서 도피하고 있을 뿐입니다. 아Q의 정신승리에는 '왜'가 없습니다. 왜 맞았는지, 자신을 때린 사람은 왜 그런 짓을 했는지에 대한 고민이 없습니다. 그냥 상처받은 자존심만 챙기고 있습니다. 이건 제대로 된 위안이 될 수 없습니다. 마치 마약처럼 한순간을 고통에서 벗어나게 해 주는 것에 지나지 않습니다. 그의 정신승리로 변하는 건 하나도 없습니다. 변화가 없습니다.

어렵게만 느껴지는 모든 문제는 차근차근 살펴보면 결국 한 가지 문제에 불과합니다. 불명확하고 커다란 덩어리에서 오는 공포는 맞서기 힘들지만 그것을 자디잘게 쪼개 보면 답은 의외로 쉽게 찾을 수 있습니다. 어떤 행동을 할 것인가, 하지 않을 것인가로 귀결되죠.

물론 답을 찾았다고 해서 문제가 곧바로 해결되는 건 아닙니다. 해결하는 데 많은 용기가 필요한 경우도 있습니다. 당장 용기가 나지 않을 수도 있죠. 그렇다면 그 문제의 해결을 조금 미루도록 합시다. 때로는 현실을 있는 그대로 받아들여야 할 때도 있는 겁니다. 가능하다면 믿을 수 있는 친구나 어른과 상의하는 것이 좋겠지만 그런 방법을 쓸 수 없다면, 또는 그런 방법을 쓴 뒤라도 불만에 대한 보복을 글로 적어 봅시다.

그건 자신의 마음속에 들어 있는 화에 대한 보복이기도 합니다. 사소한 일에 화를 내서는 안 돼. 나쁜 일이야. 이런 식으로 생각하지 마세요. 화가 난다면 그 화라는 감정을 표현할 필요가 있습니다. 화도 자신의 감정 중 일부분이라는 것을 인정해야 합니다. 그러니까 써 보는 겁니다.

나는 화가 머리끝까지 났다. 나한테 이럴 수는 없는 법이다. 나는 잘못한 것이 없다. 왜 이렇게 부당한 대우를 받아야 하는 거지!

그리고 '왜'를 해명해 가도록 합시다.

하지만 구체적인 이야기를 적으려고 하는 순간 손가락이 더 쓰기를 거부할 때가 있습니다. 보복의 대상이 자신과 가까운 사이일수록 저항은 커집니다. 그런 저항을 뚫고 솔직하게 글을 써도 마음이 시원해지지 않을 때가 있습니다. 그 사람을 욕한 것 같아서 미안하기만 할 뿐입니다. 자신이 비열하게 느껴지기도 합니다. 결국 스

스로에게 더 깊은 상처를 주고 맙니다. 이렇게 되는 게 두렵기 때문에 더 이상 글을 쓰지 못하게 되죠. 보복이 부메랑처럼 돌아와 자기를 때리는 격입니다.

그럼 어떻게 해야 할까요?

착한 글쓰기에서 탈출하기

미국의 소설가 J. D. 샐린저가 1951년에 발표한 《호밀밭의 파수꾼》은 주인공 이름을 딴 '콜필드 신드롬(증후군)'이라는 용어를 낳았습니다. 10대 소년의 반항기를 일컫는 말이죠.

고등학교에서 쫓겨난 홀든 콜필드. 콜필드는 집에 돌아가기 싫어합니다. 부모님에게 '쓰레기' 취급받는 게 두렵기 때문입니다. 그에게 필요한 것은 위로고, 독자들은 이 사실을 금방 알아차릴 수 있습니다. 소설 전체에서 콜필드에게 위로를 주는 사람은 단 한 명입니다. 그의 어린 여동생 피비죠.

《호밀밭의 파수꾼》은 출간되자마자 미국 사회에서 화제가 되었습니다. 출판 정지를 시켜야 한다는 목소리도 드높았습니다. 과도한 비속어의 사용, 청소년의 혼전 성관계, 성매매, 음주 등이 모두 문제였죠. 하지만 이 소설은 미국 청소년들의 좌절과 고뇌를 직시한 작품이었기에 지금까지 살아남아서 스테디셀러가 되었습니다.

그런데 청소년들이 정말 이런 문제에 부딪쳤다면 그걸 샐린저처럼 진솔하게 쓸 수 있을까요? 글에 언급되는 당사자가 그 글을 봤을 때 겪을 당혹감을 생각하면 쉽게 솔직해지기가 어렵죠. 자신은 물론 자신과 가까운 사람들을 보호해 주고 싶어지기 때문에 사실을 은근슬쩍 다르게 쓰는 일이 벌어지기 십상입니다. 그렇게 해서는 자신에게 닥친 문제를 해결해 나갈 수 없습니다. 마음속에 들어찬 울분을 풀 수도 없고, 억지로 착한 척하느라 스트레스만 더 늘어나고 맙니다.

솔직하게 글을 쓰라는 것, 말이 쉽지 사실 쉬운 일이 아닙니다. 숨김없이 쓰기 위해서는 자기 마음 밑바닥까지 내려가야 합니다. 이런 일은 절대 하루아침에 이룰 수가 없습니다. 하지만 미리 겁먹을 필요는 없습니다. 소설 쓰기를 통해서 우리 모두 착한 글쓰기가 주는 강박에서 벗어나 진실한 글쓰기라는 목적지에 도달할 수 있으니까요.

"착한 글쓰기가 나쁠 건 또 뭐예요? 착하게 쓰면 좋은 거 아닌가요?"

문제는 진짜 착한 마음으로 착하게 쓰는 것이 아니라는 데 있습니다. 착해 보이게 쓰는 것이 문제죠. 사람은 누구나 자기를 보호하고자 하는 마음이 있어서 남들에게 칭찬받을 수 있게 글을 쓰기 마련입니다.

그렇게 억지로 꾸민 글을 쓰려고 하다 보면 숨겨야 하는 게 너무 많아지고 결국 아무 재미도 없는 글을 쓰게 됩니다. 글쓰기 자체도 즐겁지 않게 됩니다.

사실 소설가는 그럴듯한 이야기를 만드는 사람입니다. 사실을 이야기하는 건 아니죠. 소설가와 소설가가 쓴 소설은 서로 다른 것입니다. 소설 속에서 정의롭고 훌륭한 주인공을 보여 준다고 해서 소설가가 그런 사람인 건 아닙니다. 일제강점기에 이광수나 김동인은 정의롭고 훌륭한 사람들을 주인공으로 하는 소설도 많이 썼습니다만, 그 사람들은 친일파였죠. 그렇다면 그 많은 작법서에서 글은 진실해야 한다거나 진실을 밝힌다고 말하는 건 대체 뭔지 알쏭달쏭할 수 있습니다.

잘 쓰인 좋은 글은 세상에 대한 진실을 이야기하게 됩니다. 안에 진실을 밝히는 불을 가지고 있죠. 그런데 그 불은 작가가 의도하고 의식한다고 해서 붙일 수 있는 것이 아닙니다.

진실을 밝힌다고 착한 척 글을 쓰다 보면 독자를 가르치려는 태도를 보이기 쉽습니다. 그렇게 드러내 놓고 교훈을 이야기하듯이 글을 쓰면 오히려 반감만 불러올 수도 있습니다. 진실한 글쓰기와 전혀 다른 길을 가게 되는 겁니다. 그러니 안심하고 자기 일을 뻔뻔하게, 태연하게 새로 상상하며 마구마구 살을 붙여 이야기를 써나가면 됩니다.

상상하는 글쓰기

3

억울하고 서러운 일로 생겨난 화는
시간이 지나면 가라앉지만 해결되진 않습니다.
친구와 수다를 떨면서 풀 수도 있으나
말로 못할 경우도 있습니다.

일기나 복수노트를
활용해도 정말 솔직하게
쓰기는 쉽지 않죠.

바로 이럴 때 상상하는
글쓰기가 도움이 됩니다.

우리나라 속담에 '막히면 돌아가라'는 말이 있습니다. 아주 좋은 말입니다. 목적지에 도달하는 길은 하나가 아닙니다. 하지만 세계적으로도 '빨리빨리'라는 말이 널리 알려진 것처럼 한국 사회는 뭐든 최단 코스로 헤치워야 합니다. 그러다 보니 목적지에 닿는 방법에는 여러 가지가 있다는 당연한 사실을 종종 망각하곤 합니다.

소설이 주는 자유

자신에게 일어난 일, 화나고 무섭고 억울했던 일을 있는 그대로 쓰기 어렵다면 상상해서 새롭게 쓰면 됩니다. 상상의 날개는 우리에게 자유를 줍니다.

나를 겁먹게 만든 것을 한번 용으로 바꿔 봅시다. 나는 그 용에 대항하는 날카로운 창을 지닌 기사가 됩니다. 절친한 내 친구는 기사를 도와주는 마법사로 바꿔 봅시다. 아Q식의 도피하는 상상이 아니라, '왜'를 가지고 만드는 새로운 상상이어야 한다는 걸 잊지 마세요. 아Q는 고통과 타협하고 그것을 피해버렸습니다. 그래서는 안 됩니다. 고통과 직면하고 고통의 근원을 들여다보세요. 그때 여러분의 손에 들린 무기는 바로 '왜'라는 창입니다.

투덜거리는 소리가 들리는군요.

"쳇, 나는 판타지 소설도 싫어하고 그런 상상력도 없다고. 그런 건 아무나 하나?"

판타지 소설처럼 쓰지 않아도 됩니다. 주변 사람들의 이름을 바꿔 주는 것만으로도 충분합니다. 자신을 더 비감한 주인공으로 만들어 보세요. 그리고 상대의 입장에서 생각해 보도록 합시다. 이때 왜 그랬을까 하고 상상하는 겁니다.

하나의 사건만 가지고 글을 쓸 필요도 없습니다. 상처받았던 여러 일들을 뒤섞어도 됩니다. 우리는 일어났던 사실을 그대로 다시 쓰려는 것이 아닙니다. 중요한 건 사건 안에 있었던 나 자신입니다. 왜 내게 그런 일이 일어났는지를, 나 자신을 관찰해 가며 찾아봅시다. 그렇게 하면 다른 사람의 이야기를 들려주듯이 써나갈 수 있습니다. 이 안에서 지금까지 보지 못했던 새로운 것들을 발견할 수도 있습니다. 우리는 이런 글을 '소설'이라고 부릅니다.

소설에서는 자기 자신을 모델로 한 주인공에게 아무리 큰 배려를 해도 누가 뭐라고 하지 않습니다. 다만 그 배려가 논리적인 모습을 갖추고 있어야 하겠죠. 왜요? 왜 논리적이어야 할까요? 그냥 내 맘대로 킹왕짱인 나를 만들어 내면 좋겠는 것을.

치유에서 소통으로

여기에는 중대한 비밀이 감춰져 있습니다. 소설은 '소통'이라는 사실입니다.

일기는 자기 자신과의 대화입니다. 물론 일기 역시 세월이 지나면 과거의 자신과 미래의 자신 사이의 대화로 변합니다. 시간을 사이에 둔 소통이죠. 그때그때의 감상만을 써 두면 몇 년 후에는 왜 그렇게 적었는지 모르게 되곤 합니다. 하지만 이야기로 적혀 있는 일기, 즉 어떤 사건이 어떻게 벌어졌는지 앞뒤 맥락을 설명하고 있는 글은 시간이 흐른 뒤에도 과거의 자신과 소통할 수 있게 해 줍니다. 이것이 바로 '이야기'가 가지고 있는 힘입니다.

그런데 소설의 소통은 그것을 읽고 있는 다른 사람과의 사이에서 벌어집니다. 소설이란 누군가에게 들킬까 봐 가식을 한 스푼 넣어 쓰는 것이 아니라, 처음부터 누군가에게 읽힌다는 가정 아래 쓰

는 것이죠.

"그러면 더 도덕적으로 써야 하겠네. 남한테 보여 줄 거라면 도덕적으로 올바른 글쓰기를 해야 하잖아. 손발이 오글거리는 글쓰기가 되는 건 마찬가진데?"

그렇지 않습니다. 한때는 그런 도덕적인 소설 쓰기가 유행하던 시대도 있었습니다. 계몽주의의 시대죠. 무지한 민중에게 뭔가 한 수 가르쳐 주겠다는 목적을 가지고 글을 쓰던 시대였습니다.

오늘날 소설은 진솔하게 자기 의견을 담아서 쓸 수 있는 글입니다. 등장하는 인물과 사건이 가상이라는 전제가 있기 때문에 역으로 그 소설에 담은 메시지는 진실일 수 있는 것입니다. 그것만으로도 소설 쓰기는 참으로 큰 가치를 지닙니다. 등장인물이 가상이니까 자기 문제를 솔직하게 풀어 나갈 수 있습니다. 너무 현실에 접근했다 싶으면 조금 비틀어 주면 됩니다. 그리고 그렇게 쓴 소설을 가까운 친구나 가족이 읽게 해 주세요.

"싫어! 어차피 읽으면 그게 내 이야기란 걸 알아차릴 게 뻔하잖아! 절대 못 해!"

일단은 써 보는 게 중요하니까 먼저 쓰는 것부터 하죠. 하지만 소설이라는 전제를 단단히 못 박은 다음에 다른 사람에게 보여 주는 건 여러분을 위해서도 중요합니다. 자신이 생각한 해결책과 다른 방법을 들을 수 있기 때문입니다. 사람들이 그 이야기를 어떻게 받아들이는지 두고 보는 것 역시 흥미로운 경험이 될 겁니다.

자신의 상처를 소설로 이야기하게 되면 좋은 점이 또 있습니다. 자신을 제삼자의 입장에서, 즉 객관적으로 바라보게 된다는 것입니다.

소설에는 여러 등장인물이 나오게 마련인데, 그들의 행동엔 각각 합당한 이유가 있어야 합니다. 그냥 '나쁜 놈이니까 나쁜 놈'이라는 식으로는 설득력이 없어서 좋은 소설이 되지 못합니다. 자신의 행동에 대해서도 합리적인 설명이 있어야 하겠죠. 그만큼 자기를 차분하게 되돌아볼 수 있게 되기 마련입니다. 그런 과정을 경험하는 사이 도무지 사라질 것 같지 않던 깊은 상처가 치유되는 것도 소설 쓰기가 주는 즐거움 중 하나입니다.

스스로의 가치를
확인하는 일

중국의 소설가 가오싱젠은 노벨문학상 수상 연설에서 이렇게 말합니다.

나 스스로에게 말하는 것이 문학의 출발점이고 세상과 소통하는 것은 부차적이라 말할 수 있습니다. 사람은 자신의 감정과 사고를 말 속에 담고 글로 써서 문학으로 나아갑니다. 아무런 쓸모도 없어 보이고 언제 출판할 수 있을지 알 수 없어도 글을 쓰면서 위로를 받고 즐거움을 얻을 수 있으므로 써야만 합니다. 자기 검열을 거쳤는데도 금지 조치를 당한 뒤에 나는 내면의 외로움을 떨치기 위해 《영혼의 산》을 쓰기 시작했습니다. 《영혼의 산》은 출판을 바라지도 않고 그저 나 자신을 위해서 썼습니다. 글쓰기에 대한 나 자신의 경험으로 보면, 문학은 근본적으로 자신의 가치를 확신하기 위한 것입니다. 창작하는 그 순간에 이미 자기 긍정을 얻죠. 작품이 사회에 미치는 효용은 작품의 완성 후에 나타나며 작가의 희망에 의해 결정되지는 않습니다.

가오싱젠은 자신의 작품 때문에 중국 정부의 탄압을 받았습니다. 중국에서 민주화운동이 일어났을 때 정부를 비판하는 바람에 고국으로 돌아갈 수 없게 되었죠. 하지만 2000년에 중국인 작가 최초로 노벨문학상을 받았습니다. 이렇게 뛰어난 작가 역시 자기 자신을 위로하고 인정하기 위해서 작품을 썼던 겁니다.

내 아픈 이야기를 쓰라는 게 그 아픔을 모두 다 드러내라는 뜻은 아닙니다. 건드리기만 해도 아픈 일을 살살 보듬어, 마치 조개가 자신을 상처 입힌 모래 알갱이를 분비액으로 곱게 둘러 진주를 만들 듯이 새로운 것으로 승화시키는 위대한 힘이 문학 속에 있다는 이야기입니다.

사실을 드러내는 것이 오히려 더 큰 상처를 가져올 수 있다는 생각에 주저하지 마세요. 소설에는 어떠한 제약도 없습니다. 자신을 낯선 세계에 떨어진 고귀한 영혼으로 바꿔 놓는다고 해도 문제가 될 건 없죠.

동화작가 이원수는 이런 말을 했습니다.

나는 1960년이 지나서부터 내 시의 세계나 동화에 많은 변화가 온 것을 스스로 인정한다. 사회에 대한 관심에서 좀 자리를 멀리하고 사적인 애정 세계를 가까이하게 된 것이다. 불의에 대한 분노는 숨길 수 없으나 작품에 드러내어 다루고 싶지 않아진 것이다.

이 말은 작가가 사회에 대한 관심을 버렸다는 의미가 아니라 그것이 내면화되어 작품 속에 녹아 다른 것으로 변화하는 단계에 이르렀다는 고백입니다. 《잔디숲 속의 이쁜이》(지배를 거부하고 떠난 이쁜이가 자유로운 나라를 만든다는 줄거리의 장편동화)와 같은 걸작을 내놓을 수 있었던 이유도 여기에 있다고 생각합니다.

미국의 소설가 커트 보니것은 휴고상을 받은 명작《제5도살장》을 남겼는데, 이 소설은 그가 참전했던 제2차 세계 대전에서 겪은 일을 바탕으로 만든 것입니다. SF(과학소설)로 분류되죠. 앗? 제2차 세계 대전이라면 과거에 일어난 사건인데 SF라니 이게 무슨 말일까요?

보니것은 드레스덴 폭격(제2차 세계 대전 때 연합군이 독일의 드레스덴 지방에 사흘간 소이탄을 퍼부어 시민 13만 명을 학살한 사건) 당시 현장에 있으면서 폭격으로 벌어진 비참한 상황을 모두 봤습니다. 그는 비인간적이고 비윤리적인 행위에 충격을 받았고, 이 사실을 문학을 하는 사람으로서 세상에 이야기해야 한다고 생각했습니다.

하지만 오랜 세월, 이렇게도 저렇게도 구상해 봤지만 좋은 소설이 되지 않았다고 합니다. 자신이 본 것을 직접적으로 쓰기가 너무나 괴로웠기 때문입니다. 그래서 보니것은 자기가 목격했던 상황을 SF로 바꿔 마음속 상처를 풀어내게 됩니다.

가슴에 어떤 응어리를 가진 사람들이 작가가 됩니다. 꼭 쓰고 싶은 이야기가 속에 맺혀 있는 것이죠. 그것을 훌륭하게 풀어낼 때 소설이 됩니다.

"나는 소설을 쓸 수 없어. 글을 못 쓰니까."

이렇게 미리 자학할 필요가 없습니다.

어떤가요? 한번 소설을 써 보고 싶은 생각이 드는지요? 여러분도 창작하는 그 순간에 이미 자기 긍정을 얻을 수 있습니다. 차분하게 자신의 마음을 들여다보세요. 어떤 갈등이 가슴속에 있는지. 그 갈등을 끌어올려서 써내려가 봅시다.

공감하는
글 쓰 기

4

실제로 일어난
일을 쓴다면 자신의 행동을
실제와 다른 것으로 바꾸는 건
'거짓말'이
되겠죠.

하지만
소설로 다룬다면
문제가 되지
않습니다.

소설에서 문제가 되는 건 다른 사람에게 어느 정도의 공감을 불러일으키는가, 라는 것뿐입니다. 그리고 이 공감의 바탕에는 재미라는 게 있습니다. 우리가 어떤 이야기에 공감하기 위해서는 일단 이야기에 빨려 들어가야 하는데, 빨려 들어가게 하는 요소의 핵심은 '재미'입니다.

한때 소설은 교훈을 가르치는 도구로 여겨지기도 했습니다. 그러나 소설은 그 탄생부터가 재미라는 요소에 묶여 있기 때문에 자꾸만 재미를 추구하는 방향으로 달려갔고, 그래서 소설이 쓸모없다는 지적도 적지 않았습니다. 이미 고대 그리스의 철학자 플라톤이 무용지물인 시인을 추방해야 한다고 주장할 정도였으니까요(이 시기에는 아직 시와 소설이 분화되지 않았습니다). 조선 시대에는 소설이 많이 읽혔는데, 선조 임금님은 선비들이 사서삼경은 읽지 않고 《삼국지》나 읽고 있다고 한탄하기도 한답니다.

이처럼 소설은 재미 때문에 백해무익하다는 이야기를 종종 듣습니다. 수업 시간뿐만 아니라 쉬는 시간이라 해도 소설책을 보고 있으면 그리 곱게 보지 않습니다. 현실 도피적인 장르소설이라면 더더구나 눈총을 받겠죠. 한번 장래 희망이 소설가라고 해 보세요. 중학교에서 고등학교로 올라가며 '절필'을 당할 겁니다.

가장 정교한
재미

하지만 이 '재미'라는 요소가 소설을 인간 세상에 살려 놓은 가장 큰 공신입니다. 근엄하게만 보일지 모르는 러시아의 대문호 톨스토이 역시 소설의 첫 번째 요소로 재미를 꼽고 있답니다.

인류는 언어가 발생한 때부터 이야기를 만들어 내기 시작했습니다. 무려 기원전 2000년경에 만들어진 수메르의 영웅 길가메시 이야기는 지금 봐도 매우 재미있죠. 소설은 그로부터 한참 뒤, 3000년도 더 지나고서야 나타납니다. 근대소설의 시초라 불리는 세르반테스의 《돈키호테》가 1605년에 등장하니까요. 이건 무엇을 의미하는 것일까요?

왜 소설은 이렇게 늦게 등장한 것일까요? 답은 하나입니다. 인류는 그 오랜 기간 '소설'을 만들기 위해서 '이야기'를 갈고닦아 왔던 겁니다! 그리고 이 과정에서 소설은 플롯과 갈등과 인생에 대한 성찰을 담게 됩니다.

이야기, 즉 '스토리'에 대해서 좀 더 말해 볼까요?

스토리는 인간의 가장 원초적인 부분을 건드려 공감을 불러일으킵니다. 사람들이 광고와 여행, 심지어 사진 한 장에도 이야기를 담으려 하고, 우리 사회에 '스토리텔링' 열풍이 불었던 이유죠.

스토리텔링은 단지 스토리(이야기)만으로 구성된 것이 아니라 '텔링(말하기)'에 의해 구현된 이야기'입니다. 그래서 직접적이고 분명한 형태를 가지게 마련이고, 이야기꾼이 사람들을 상대로 이야기를 늘어놓는 것이 스토리텔링의 원형이죠. 하지만 요즘은 입이 아니라도 스토리텔링이 가능합니다. 그 시절에는 있지 않았던 기계들이 존재하니까요. 영상을 보여 주는 도구들 말입니다.

그런데 공감을 일으키는 재미있는 이야기를 영상으로 표현하려면 이야기를 만드는 능력 자체가 필요합니다. 이런 능력은 어떻게 기를 수 있을까요? 네, 답이 나와 있는 질문이죠. 소설 쓰기보다 더 좋은 방법이 있을 리 없죠. 왜냐고요? 인류가 스토리를 수천 년 갈고닦아서 만든 것이 곧 소설이라고 했으니까요.

소설 쓰기로
할 수 있는 것

"난 재미있는 이야기 못 만들어. 소설 같은 건 아무나 쓰는 게 아니잖아."

왜 이렇게 생각할까요? 소설은 이야기에서 발전한 문학의 한 장르입니다. 그리고 이야기는 누구나 할 수 있고, 이미 하고 있는 아주 보편적이고 오래된 인간의 창작 활동이죠.

소설을 쓸 만큼 아는 것이 없어서, 라고 말하는 청소년이 많습니다. 소설가들이 뭔가를 많이 알아서 소설가가 되는 건 아닙니다. 말하고 싶은, 공감하고 싶은 간절한 욕구가 있어서 글을 쓰는 겁니다. 알고 싶은 것이야 찾아보면 됩니다. 인터넷에 방대한 참고 자료가 있잖아요.

소설가가 될 것도 아니니까요, 라고 말하는 청소년들도 있습니다. 하지만 자신의 주장을 글로 표현하는 능력은 현대 사회에서 필수적입니다. 스토리텔링이 사회적인 관심을 받는 이유도 바로 그걸 제대로 하는 사람이 적어서죠. 상상력을 극한으로 밀어 올려 본다면, 그 한계를 경험한다면 그보다 낮은 단계의 일은 한결 쉬워질 수밖에 없겠죠?

소설을 쓸 수 있다면 표현력의 향상은 저절로 따라오는 일이나

마찬가지입니다. 머릿속으로 생각한 것을 글로 옮길 수 있다면 표현력은 자연스럽게 늘기 때문입니다. 그런데 생각은 종잡을 수 없이, 번개처럼 막 떠올랐다가 사라지는데 어느 틈에 그걸 잡아낼 수 있겠어요?

글 쓰는 것보다 쉬운 방법이 있습니다. 중얼중얼 말로 해 보는 겁니다. 그리고 그 말을 종이나 화면에 옮겨 봅시다. 처음에는 앞뒤도 안 맞고 뭔가 빼먹은 듯한 글이 될 수 있습니다. 그걸 알아차리면 벌써 멋지게 성공한 셈입니다. 빈 부분을 차근차근 채워 나간 다음 써 놓은 것을 다시 소리 내서 읽어 보세요. 창피하면 나지막하게 읽어 봅시다.

중요한 것은 소리를 내서 읽어 보는 겁니다. 이렇게 하면 잘못 쓴 문장, 흔히 비문이라고 이야기하는 대목에서 멈춰버리게 되는 것을 느낄 수 있습니다. 뭔가 이상한 걸 알게 되죠. 이런 일은 꾸준히 자꾸자꾸 해 보는 것이 좋습니다. 생각을 구체화하고 우리가 쓰는 문자로 정리하는 것은 반복적인 훈련, 즉 글쓰기를 자꾸 해 보면서 익혀야 하는 '스킬'입니다.

우리가 영어를 공부할 때, 그저 눈으로 보기만 하고 쓰지 않는다면, 그리고 듣기만 하고 입으로 말해 보지 않는다면 실력이 늘지 않습니다. 보고 쓰고 듣고 말하고를 모두 해야 영어 실력이 늘게 되죠. 표현력도 이와 같습니다. 자신이 직접 써 보는 것만큼 표현력을 늘리는 방법은 존재하지 않습니다. 논술을 대비하기 위해서도, 자기소개서를 잘 쓰기 위해서도 자꾸 글을 써 보는 게 좋습니다. 그중에서도 가장 정교한 글쓰기인 소설 쓰기를 통해서 훈련해 보는 것이 제일 좋다고 할 수 있죠.

소설 쓰기는 관찰력도 높여 줍니다. 행동의 이유를 설명해야 함은 물론이고 눈앞에 보이는 것들을 하나하나 글로 풀어서 묘사할수 있어야 하기 때문이죠.

마음의 상처를 풀어내고 상상력을 극대화하고 표현력을 늘리는것. 관찰력을 높이고 문장력을 향상시키는 것. 이 모든 것을 소설을써 봄으로써 얻을 수 있습니다. 굉장하지 않습니까?

소설을 쓰는 이유는 이외에도 다양합니다. 어떤 이들은 소설을통해 현실에서 도피하고자 합니다. 어떤 이들은 소설을 통해 세상을 정복하고자 합니다. 내 소설을 읽고 사람들이 울고 웃고 소설 속에 푹 빠져서 헤어나지 못하게 하고 싶어 합니다.

물론 마음의 상처를 다스리는 것, 세상에서 도피하는 것, 세상을정복하는 것을 이루는 방법 역시 여러 가지입니다. 그런데 왜 하필이면 글을, 특히 소설을 써 보라는 이야기를 이렇게 하고 있는 것일까요?

소설가로서 말해 본다면, 이보다 쉽고 재미있는 방법이 없기 때문입니다. 이보다 많은 사람들을 만날 수 있는 방법이 없기 때문입니다. 이 방법에는 특별히 드는 비용도 없습니다. 그냥 종이 위에 펜으로, 또는 워드에 키보드로 써나가기만 하면 됩니다.

그러나 주의해야 하는 점도 당연히 있습니다.

내 이야기를

쓰기 전에

청소년들이 느끼는 비감함은 청소년기의 고유한 특성 중 하나라고
할 수 있습니다. 생각해 보면 저 역시 그 시절에는 괜스레 비감해져
서 죽음에 대한 글을 쓰곤 했으니까요.

　대체로 학창 시절의 교육은 대학 입시라는 데 매여 있어서 공부
의 본질과는 거리가 있는 억압된 방식으로 나타나는 게 일반적입
니다. 이런 억압은 글에 반영될 때 터부시하는 부분을 넘어서는 형
태로 드러나는 듯합니다. 극도의 가난, 우울, 불행이나 잔혹함, 비정
상적인 설정으로 등장하죠. 터부를 건드림으로써 얻게 되는 효과
는 사람에 따라 다르겠습니다만, 더럽고 혐오스러운 설정은 어떤
경우에도 독자에게 상쾌한 기분을 줄 수 없습니다. 터부를 건드리
는 만큼의 자극적인 효과가 있을 수는 있겠지만 인간에 대한 깊은
통찰이 없다면, 단지 말초적인 흥미를 위한 도박이나 마약과 다를
것이 없게 됩니다.

억압은 상상도 극단적인 쪽으로 몰고 가곤 합니다. 등장인물을 잔인한 죽음에 이르게 하기도 하죠. 생각할 수 있는 가장 최악의 방향으로 감정을 폭발시키는 것입니다.

그러나 주인공을 자살로 모는 소설은 조심스럽게 써야 한다고 생각합니다. 소설 속의 주인공이 죽음을 선택할 수밖에 없는 절망감을 독자에게 나눠 주지 못한다면 자살은 해결책이 아닙니다. 제일 쉽게 소설을 마무리하기 위해 글쓴이가 안이하게 선택한 결과가 될 뿐이죠(주인공에 몰입된 많은 초보 작가들이 스스로 참을 수 없는 비감한 심정에 휩싸여 이런 결정을 하지만 결코 올바른 자세라 할 수 없습니다).

문학의 소재에는 금기가 없습니다. 다만 이 말은 그 금기를 뛰어넘을 만한 힘이 작가에게 있을 경우에 성립합니다. 그러지 못하면 금기를 이용한 선정적 글쓰기에 그치게 됩니다. 자극적인 주제를 잠깐 즐기는 것은 좋으나, 당의정의 단맛이 벗겨지면 쓴맛을 열 배로 느끼게 되는 것처럼 결국은 작가가 좋지 않은 영향을 받게 됩니다.

자아를 지키기 위해 자살을 택하는 이야기들은 많이 있습니다. 가령 미국의 소설가이자 박물학자였던 시튼의 〈늑대 왕 로보〉라든가, "날자. 한 번만 더 날자꾸나"라는 구절로 유명한 이상의 〈날개〉 같은 소설을 들 수 있겠죠. 예로 든 소설들은 지켜야 할 가치를 위해서 어쩔 수 없이 자살이라는 결말을 선택하고 있습니다. 그 과정은 독자들에게 감동을 주고, 그 가치에 대해 다시 생각해 보게 만듭니다.

불행히도 청소년들이 흔히 소설에서 선택하는 자살 해결법에서는 이런 과정을 볼 수 없는 경우가 대부분입니다. 심지어 사회 낙오자에겐 자살하는 것밖에 없다는 메시지를 전달하는, 작가 자신의 의지와 정반대되는 결론이 나오는 경우도 적지 않습니다.

죽음의 무게를 너무 쉽게 생각하지 않기를 바랍니다. 극단적인 선택에는 극단적인 선택을 하게 만든 갈등이 분명히 보여야 합니다. 자살을 해결책으로 내세운다면 자살에 이르기 전 다른 식으로 갈등을 극복하기 위해 얼마나 노력했는지, 자살이 왜 어떻게 결정지어졌는지가 충분히 나타나야 합니다. 그리하여 막다른 길까지 독자가 따라올 수 있어야 의미 있는 글이 되죠. 그래서 이런 주제는 단편소설 안에서 소화불량이 되기 쉽습니다.

죽으면 그 당사자가 고민할 문제는 없다는 건 분명하죠. 그런데 이후에 문제가 남는다는 것도 분명합니다. 소설은 소설일 뿐이기 때문입니다. 자살하면 해결된다는 결론은 "아아, 난 이 이야기를 더 생각하기 싫어, 자살시켜버리면 깨끗하잖아"라고 말하는 것밖에 되지 않습니다.

죽음이 아니라 엄청나게 가학적인 묘사를 하는 경우도 종종 있습니다. 묘사력이 아무리 좋아도 그런 글은 재능의 낭비에 가깝습니다. 정말 요리를 잘하는 사람은 평범한 요리에서 그 진가를 발휘한다는 말이 있습니다. 특이한 이야기를 한다면 그 특이함에 대한 설명을 빼버려서는 안 됩니다.

누구에게
들려줄까?

독자

5

글은 누군가를 대상으로
쓰게 됩니다.

여러분이 편지를
쓴다면 그 대상이
누군지 분명히 알고 있겠죠?
글쓰기란 편지 쓰기와
다르지 않습니다.

글을 쓰는 사람은 자신이 누구를 대상으로 그 글을 쓰는지를 명확히 알고 있어야 합니다. 글을 쓴다는 것, 예를 들어 소설을 쓴다는 건 이미 소설을 읽어 줄 누군가를 상정하고 있는 것이기 때문입니다. 대상이 보편적인 인류라면 그 소설은 일반 문학이 될 겁니다. 10대 미만의 아동이라면 아동문학이 될 것이고, 10대라면 청소년 문학, 미스터리 애호가라면 추리소설, 용과 마법을 좋아하는 사람들이라면 판타지 소설이 될 것입니다.

그럼 누군가를 대상으로 글을 쓴다는 건 무슨 의미일까요? 그건 대상이 되는 사람들이 바라는 글을 쓴다는 뜻일 수도 있고, 대상에게 자신이 들려주고 싶은 이야기가 있다는 뜻이기도 합니다.

여러분이 대입 전선에 서서 논술 시험을 치게 된다고 해 봅시다. 주어진 문제를 읽고 그에 대한 의견을 써나가기 시작합니다. 누구를 대상으로 쓸 것입니까? 다시 말해 누구에게 설명한다는 생각을 가지고 글을 써나가는지요? 어떤 이들은 출제자를 위해서 글을 씁니다. 출제자가 왜 이런 문제를 냈을까 궁리해 본 뒤 깜냥이 서면 글을 쓰기 시작하죠(물론 바람직한 논술이란 자신의 의견을 일반인을 상대로 전개하는 것이겠습니다만, 솔직하게 말해서 어느 쪽이 대학 입학시험에 유리한지는 잘 모르겠습니다. 대학교 측은 종종 출제자의 의도를 읽어야 한다는 식으로 이야기하는 것처럼 보이기 때문입니다).

시를 지을 때도 똑같은 질문을 던질 수 있습니다. 독자가 누구라고 생각했는지 말이죠.

한 청소년은 이렇게 말했습니다.

"내 시를 읽고 내가 받은 감동을 같이 받을 수 있는 사람이요."

다른 청소년은 이런 말을 하는군요.

"그런 생각을 해 본 적은 없지만, 꼭 그런 생각을 해야만 시를 쓸 수 있나요? 시는 자기 마음속에서 우러나오는 거잖아요."

두 말은 사실 똑같은 말입니다. 이런 마음으로 시를 쓰는 사람들은 그 대상을 일반인으로 삼고 있는 것입니다. 여기서 '일반인'이란 자기와 같은 사람, 즉 지식과 감성이 자신과 동등한 사람을 의미합니다.

잘 생각해 봐야 하는 중요한 대목입니다. 게임을 예로 들어 볼까요? '리그 오브 레전드'와 같은 게임은 청소년들이라면 다 아는 게임이라고 할 수 있겠지만 이 안에서 일상적으로 쓰는 말도 '롤(리그 오브 레전드를 줄여서 부르는 말)'을 해 보지 않았거나 컴퓨터 게임을 하지 않는 사람들에게는 전혀 알 수 없는 말의 나열이 될 수 있습니다. '탱커' '딜러' '원딜' '딜탱'과 같은 말을 아예 이해하지 못하는 사람들도 있다는 겁니다.

소설에도 이런 면이 있습니다. 대상을 마음에 그리지 않고 자기 생각을 표현하는 데만 치중하게 되면, 자신만의 독특한 경험에서 비롯된 생각들이 나열되면서 사람들이 공감하기 어렵고 이해할 수 없는 글이 나올 수 있습니다. 작가 자신만 알고 전달되지 않으며, 작가의 정신세계에서만 이해 가능하고 남에게는 호환되지 않는 글이 되고 마는 것입니다.

독자들은 작가와 동일한 경험을 하지 않았기 때문에 그 글에서 동감도, 교훈도, 어떤 감동도 끌어낼 수 없게 됩니다. 하지만 그렇다고 독자들을 한없이 낮은 수준으로 잡게 되면 글이 얄팍해지고 맙니다. 그 사이에서 어떻게 균형을 잡을 것인가가 작가의 끝없는 고민거리죠.

　작가 자신의 수준이 어디인가, 그리고 독자의 수준이 어디쯤 와 있는가는 규정하기 매우 어렵습니다. 계속 글을 쓰면서 상호 피드백을 통해 깨우쳐 나가야 합니다. 다만 분명한 건 독자를 자기 자신으로 규정하고 그 수준의 글쓰기를 한다면 글이 점점 어려워지게 된다는 점입니다(어려운 글이라고 해서 의미가 없다는 이야기는 아닙니다. 이 부분에 대해서는 앞으로 좀 더 이야기하게 될 것입니다).

　대상을 분명히 한정해 놓고 있는 글들은 균형을 잡기가 좀 쉽습니다. 이른바 장르소설이나, 특정 연령층을 대상으로 하는 글들이 그렇습니다.

클리셰도 필요하다

문학 용어 중에 '클리셰cliché'라는 것이 있습니다. 본래 '납으로 만든 인쇄용 판'을 가리키는 프랑스어인데, 문학 용어로는 진부한 표현, 판에 박힌 대화, 상투적인 줄거리를 가리킵니다. 클리셰는 작품을 뻔하게 보이게 하지만, 그만큼 작품을 마음 놓고 볼 수 있게 해주기도 하죠.

　장르소설은 클리셰를 적극적으로 이용해서 글을 씁니다.

가령 로맨스소설이라면 남자 주인공이 아주 매력적이어야 하죠. 무협소설이라면 정의가 승리해야 하고, 주인공은 무공이 높고 정의로워야 합니다. 추리소설이라면 초반에 범인이 등장해 있어야 하며, 사건은 우연에 의해 풀려서는 안 됩니다. 단서는 독자 앞에 공정하게 노출되어 있어야 하죠.

이런 클리셰를 이용하는 이유는 독자들을 안심시키기 위해서입니다. 이건 분명히 로맨스소설이야, 이건 분명히 추리소설이야 하고 알려 주는 역할을 하죠. 물론 처음부터 끝까지 클리셰만 있고 창의적인 부분이 없다면 그건 망한 소설이 됩니다. 클리셰를 활용하되 그와 다른 면을 보여 줘야 합니다. 추리소설의 여왕이라 불리는 아가사 크리스티는《애크로이드 살인 사건》에서 이전까지 추리소설이라면 지켜야 하는 클리셰 중 한 가지를 완전히 깨버렸습니다. 그 때문에 아가사 크리스티가 "반칙을 했다"라는 말까지 나왔죠.

다만 이것은 천재 작가가 할 수 있는 일이었고, 보통의 경우 장르소설은 지켜야 하는 클리셰를 지키면서 진행하게 됩니다. 따라서 이러한 제약에 동의하지 못하거나 알지 못한다면 이 장르의 글을 쓰기가 어려워집니다. 읽기도 쉽지 않게 되죠. 판타지 소설이나 무협, 로맨스 등의 장르소설을 읽지 못하는 사람들이 있는 까닭입니다.

첫 번째 독자를 넘어서

내 글을 읽어 줄 누군가를 대상으로 삼으면 이제 본격적인 글쓰기 훈련이 가능해집니다.

훈련이라고 했지만, 쉽게 말하면 말을 걸 대상을 정확히 설정하고 그 대상과 이야기를 나누는 것이죠. 이야기하는 모습을 떠올려 봅시다. 보통 눈앞에 분명한 대상을 두고 이야기를 합니다. 영화나 드라마 같은 데서는 종종 혼잣말을 하지만(그걸 누군가가 엿듣죠) 실제로 혼자 있는 방에서 혼잣말을 하는 사람은 흔하지 않습니다. 글을 쓸 때도 마찬가지입니다. 종이(또는 컴퓨터 키보드)를 앞에 놓고 있으면 대상이 보이지 않습니다. 막연하죠. 그래서 무슨 이야기를 어디서부터 해야 할지 모르게 됩니다. 글쓰기가 막 어려워집니다.

자, 한번 생각해 볼까요. 지금까지 여러분은 누구를 대상으로 글을 쓰고 있었나요? 그런 점을 염두에 두고 있었는지 궁금합니다. 그냥 막연하게 내 글을 보여 주고 싶다는 생각으로 글을 쓴 친구들도 있을 것이고, 확실한 대상을 상정하고 글을 쓴 친구들도 있을 것입니다. 막연한 대상을 두고 글을 쓴다 해서 대상이 없는 글쓰기를 하는 건 아닙니다. 이런 경우에는 자신을, 그리고 자신과 비슷한 사람을 대상으로 글을 쓰고 있는 겁니다. 자기 마음의 응어리를 풀기 위해 글을 쓴다면 더욱 그렇죠. 세상 모든 작가들의 제일 첫 번째 독자 역시 자기 자신입니다.

하지만 소설이란 첫 번째 독자를 위해서 쓰는 글만은 아닙니다. 일기도 아니고 독백도 아니니까요.

소설은 내 마음속에 있는 것을 꺼내 세상과 이야기 나누는 통로입니다. 소설을 세상에 내놓으면 독자가 생겨나고 내 글을 통해 그들과 교감하게 되죠. 인스타그램이나 페이스북이나 트위터를 하는 것과 다르지 않습니다. SNS가 그때그때의 감상을 올리며 나와 맞는 사람들과 소통하는 것이라면 소설은 처음부터 소통을 위해서 모든 것을 계산하고 만들어 나간다는 점이 다를 뿐입니다. SNS가 우연히 만나는 풍경 같은 세계라면(물론 이곳도 다 계산하에 세워진 정원일 수도 있습니다만), 소설은 입주자를 위한 설계도에 따라 세워진 건물이라 하겠습니다.

결국 소설은 나를 모르는 독자들을 위해 씁니다. 내가 잘 알고 너무나 당연히 생각하는 것들도 남들은 모를 수 있습니다. 남이 어디까지 알고 있는지 모를 수도 있습니다. 일단 모른다고 생각하고 써나가야 합니다.

아이디어는
어디에서
올 까 ?

발상

6

소설가들과의
인터뷰에 빠지지 않고 나오는
질문이 있습니다.

"어떻게 그런 생각을
하셨나요?"

기발한 소설을 볼 때,
우리는 작가가 이런 놀라운 생각을
어떻게 하게 된 것인지 궁금해집니다.
소설을 쓰게 만든 계기가 되는 생각이나 아이디어,
즉 '발상'은 대체 어디에서
떠오르는 걸까요?

앞서 우리는 하고 싶은 이야기에 대해서 말해 왔습니다. 하고 싶은 이야기가 바로 소설 쓰기의 첫 번째 단계입니다. 하지만 마음속 이야기를 어떻게 풀어 나가야 할지 막막할 수 있습니다.

남들보다 잘 달리지 못해서 거북이라고 놀림을 받았는데, 이게 너무 분하다고 가정해 봅시다.

'내가 느린 건 사실이야. 갑자기 빨리 달리긴 힘들어.'

'하지만 내가 느린 게 놀림받을 이유가 되나?'

'내가 느리게 뛴다고 해서 다른 사람에게 피해를 주는 건 아니잖아.'

'운동선수가 될 것도 아닌데 왜 놀리는 거지?'

'왜'가 등장했네요. 그럼 여기서 생각의 방향을 한번 바꿔 보겠습니다.

느린 달리기에는 어떤 가치를 부여할 수 있을지 생각해 볼까요? 저는 판타지 세계 어딘가에서는 빨리 뛸수록 더 빨리 반대편으로 가버리게 된다고 상상해 봤습니다. 그러면 천천히 갈수록 안전할 수 있죠.

또 다른 생각을 해 봅시다. 모두 빨리 뛰어야 한다는 단일한 가치를 가질 필요가 있을까요? 달리기가 아닌 것을 가지고도 똑같은 이야기를 할 수 있습니다. 시험 성적이 높지 않을 수 있지만 그렇다고 놀림의 대상이 될 필요는 없죠.

이번에는 세상에서 제일 빨리 달리는 사람이 되는 상상을 해 봅시다. 나보다 조금 빠르다고 날 놀린 아이들을 어떻게 대할 것인지도 생각해 보세요.

어쩌면 달리기 연습을 해서 이겨야겠다는 생각을 할 수도 있겠습니다. 그럼 노력한 결과가 어찌 될지를 상상해 봐도 괜찮습니다.

이제 하나의 사실에서부터 다양한 상상이 나온다는 걸 알 수 있겠죠? 생각하면 할수록 더 많아질 겁니다.

그렇다면 전문적으로 글을 쓰는 작가들은 이야기를 시작하게 만드는 '발상'을 어디서 가져올까요? 자기 경험만을 가지고 발상을 하는 것은 당연히 아닐 겁니다.

미국의 유명한 추리소설가 존 D. 맥도널드는 이런 말을 했습니다.

"사물의 연관성을 깨닫고 '아하' 하고 생각했을 때 좋은 아이디 어가 떠오르는 법이다."

사물들의 연관성 찾기

동물이나 식물 등 여러 가지 그림을 그려 놓고 같은 종류를 찾아보 게 하는 그림책들이 있습니다. 바나나, 사과, 귤 같은 것은 과일이라 는 종류로, 사자, 호랑이, 표범 같은 것은 맹수로, 기린, 코끼리, 토끼 같은 것은 초식동물로 묶어 보도록 구성되어 있죠. 어린이들을 위 한 연관성 찾기 훈련 방법입니다.

어떤 사물을 보고 연관된 다른 사물을 떠올리는 것, 즉 연상을 이용하면 이런 것들이 가능합니다.

1492년에 콜럼버스가 대서양 횡단에 성공해서 미美 대륙을 발 견한 사건을 '한(1)사(4)쿠(9) 이(2)긴 콜럼버스'로 연결해서 외울 수 있습니다.

《삼국지》에서 책을 가장 좋아한 사람은 누구일까요? 늘 손에 책 을 들고 다닌 손책입니다(이런 개그를 들으면 부르르 몸을 떨면서 화를 내는 사람들이 많습니다. 조심해서 사용합시다).

1492는 한사코 이겼다는 것과는 관련이 하나도 없는 숫자지만 콜럼버스가 그냥 돌아가자는 부하들의 원망을 누르고 끝내 항해를 강행해서 미 대륙을 발견한 사실과 연관 지으면 하나의 스토리를 갖게 됩니다. 이야기는 힘이 세기 때문에 이렇게 외워 놓으면 잘 잊어버리지 않게 되죠.

손책은 오나라를 세운 손권의 형으로 그 이름은 사실 책하고는 아무 상관도 없습니다. 하지만 책이라는 이름에서 책을 생각해 내면 이런 장난스러운 생각들을 더 이어 나갈 수 있습니다. 가령 우리나라의 화가 중에는 최북이라는 사람이 있습니다. 북이라는 이름에서 BOOK을 연상해 볼 수도 있습니다.

유치하기 짝이 없는 이야기죠? 그렇게 유치할 정도로 사물 간의 연관성을 찾는 일은 쉽습니다. 아는 게 많을수록 더 쉽게 찾을 수 있죠. 하지만 관찰력도 중요합니다. 어쩌면 지식보다 더 중요할 수도 있습니다.

누워서 하늘을 올려다보면 구름이 강아지처럼 보이기도 하고 커다란 새처럼 보이기도 하고 자동차처럼 보이기도 합니다. 그래서 나는 나비 같다고 이야기하는데 친구는 헬리콥터 같다고 이야기할 수도 있습니다. 이처럼 어떤 사물에서 연관성을 찾는 것은 각자의 주관적인 관찰에 많이 의지합니다.

맥도널드의 말을 하나 더 볼까요.

"작가는 갖가지 사물을 취사선택 없이 기억한다. 10년 전에 들

었던 자동차 지붕에 떨어지는 우박 소리가 오늘 본 빈 휠체어를 미는 어린이의 모습과 겹쳐져서 그것들을 어떻게 연관 지을지가 머리에 떠오르면, 거기서 심각한 장편소설도, 트릭 중심의 단편소설도 만들어 낼 수 있다."

작가들은 이미 이 방법을 터득한 사람들입니다.

이런 놀이를 해 본 적이 있나요?

가을 - (   ) - (   ) - 코끼리

가을이라는 말에서 시작해 코끼리로 자연스럽게 연상이 이어지도록 괄호 안을 채우는 놀이입니다.

저는 이렇게 생각해 봤습니다.

가을 - 소풍 - 동물원 - 코끼리

다른 건 없을까요?

가을 - 열매 - 먹이 - 코끼리

가을 - 낙엽 - 갈색 - 코끼리

이런 연상을 놓고 다음과 같이 글을 시작할 수도 있습니다.

코끼리를 보면 나는 가을날이 떠오른다. 코끼리가 사는 곳에
는 원래 가을이라는 게 없었을 것이다. 원래 없었던 일들, 원
래 없어야 했던 그 일도 떠오른다.

글을 써나가다가 필요한 부분에 코끼리에서 가을날이 떠오르는
이유를 쓸 수도 있습니다. 처음부터 다 설명할 필요는 없죠. 소설
속에는 이런 관계가 참 많이 들어 있습니다. 그래서 앞에서는 무슨
의미인지 몰랐던 이야기를 뒤에서 이해하게 될 때도 있습니다. 연
상을 많이 해 낼수록 더 많이 찾아낼 수 있는데, 사실 어려운 일은
아닙니다.

좋아하는 영화나 드라마를 여러 번 다시 본 경험이 있을 겁니다.
다시 볼 때마다 놓쳤던 부분들을 찾을 수 있죠. 영화 〈식스 센스〉에
는 주인공 말콤의 정체를 모르고 보면 그냥 넘어가는 장면들이 많
습니다. 하지만 알게 되면 감탄이 나오죠. 가령 말콤의 아내가 식사
를 하는 신scene이 있습니다. 그때 말콤이 계산을 하려고 계산서로
손을 뻗는데 아내가 재빨리 자기 쪽으로 가져갑니다. 아내가 말콤
에게 화가 난 것처럼 보이기 때문에 아주 자연스럽습니다. 그러나
실제로 말콤은 유령이므로 계산서를 쥘 수 없었죠. 그 점을 관객들

이 모르게 연출한 것입니다. 소설도 다르지 않습니다. 좋은 소설은 다시 볼 때마다 새로운 부분을 발견할 수 있게 합니다. 작가들이 사물들의 연관성을 알아내고 새롭게 연결해 놓았기 때문입니다.

무작정 쓰기?
계획하고 쓰기?

첫 단계에서 엄청나게 멋진 아이디어를 얻는 경우는 별로 없습니다. 여러분은 프로 작가가 아닌 만큼, 초기에는 다른 사람들과 이야기를 나눠 보는 것이 좋습니다. 이러이러한 이야기를 요러조러하게 써 보고 싶은데, 재미있을까? 이렇게 물어본다면 답이 돌아올 겁니다. 좋은 답이 혹은 좋지 않은 답이 오면 자신의 생각을 좀 더 설명하거나 방어하고 싶어지겠죠. 아이디어는 그 과정에서 자연스럽게 다듬어지고 정교해지기 마련입니다.

물론 잘 들을 줄 아는 귀를 가져야 합니다. 내 이야기를 잘 이해해 주지도 않고 비난한다고 울컥해버리지 마세요.

상대방이 내 이야기를 잘 이해하지 못했다면, 대체로 내 설명에 문제가 있기 때문입니다. 너무 어려운 이야기였거나 적절한 설명이 빠진 것이죠. 상대방이 소설에 대해 너무 몰라서 그럴 수도 있지만, 그런 사람이라면 애초에 이야기할 필요가 없을 겁니다.

설명에도 요령이 필요합니다. 밑도 끝도 없이 이야기를 하면 듣는 사람은 요점을 놓치고 지엽적인 부분밖에 알지 못합니다. 따라서 할 이야기를 먼저 글로 정리해 놓는 건 매우 좋은 습관입니다. 이렇게 정리된 것들을 '아이디어 노트'라고 부를 수 있을 거예요. 컴퓨터를 이용한다면 '마인드맵'과 같은 프로그램의 도움을 받아도 괜찮습니다.

아이디어는 많이 가지고 있으면 있을수록 좋습니다. 그리고 자세히 적으면 적을수록 좋습니다. 본래 쓰고자 했던 핵심, 즉 이 글을 쓰려고 하는 이유도 같이 적어 놓으세요. 너무 간략하게 적은 아이디어는 시간이 몇 달만 지나도 그게 무슨 의미였는지 본인도 모르게 되고 마는 경우가 흔하기 때문입니다. 상세하게 적은 아이디어는 반전을 위한 반전을 막는 데도 도움이 됩니다. 흥미만 쫓다가 원래 하려던 이야기와는 관계없는, 자신의 통찰을 벗어난 글을 쓰는 것을 방지해 주죠.

아이디어를 적은 후 다른 사람에게 설명하고 피드백을 받는 과정이 익숙해지면 점차 혼자서도 그런 일을 할 수 있게 됩니다. 자문자답하는 단계에 들어가는 겁니다. 하지만 너무 빨리 이 단계에 도달할 수 있다고 생각하지는 마세요. 잘해 나가기 위해서는 시간이 필요합니다.

처음에는 혼자 고민하지 마세요. 별로 좋지 않습니다. 한번 써 보려고 마음먹었다면 물어보는 일을 꺼려서는 안 됩니다. 프로 작가들도 조언이 필요할 때가 종종 있습니다. 보통 출판사의 편집자에게 도움을 받기 마련이죠. 여러분에게는 아직 편집자가 없으니 친구나 선생님께 도움을 요청하세요. 하지만 인터넷에 올려서 물어보지는 마세요. 좋은 아이디어라고 생각하면 누군가 쓱 가져가서 먼저 써버릴 겁니다. 아이디어는 최소한만 노출해야 합니다. 묻는 것이 정 마음에 걸린다면 책을 찾아보는 것도 괜찮습니다. 가까운 도서관을 이용하세요.

영약 중의 영약이라 불리는 산삼은 꽃을 피울 수 있을 만큼 환경이 좋아져야만 싹을 틔운다고 하죠. 아이디어도 이와 흡사합니다. 당장 소설로 변하지 않을지는 몰라도 먼 훗날 좋은 소설이 될 수도 있습니다. 영화로도 만들어진 스티븐 킹의 소설《하트 인 아틀란티스》는 대학 때 썼던 글을 고쳐 쓴 거라고 합니다. 저의 첫 소설집에 실렸던 단편소설도 대학 때 썼던 것이죠. 나중에 장편소설로 개작해서 출판했습니다. 여기까지 오기 위해서는 오랜 시간이 걸렸습니다. 그리고 그만큼 글의 완성도가 높아졌죠.

프로 작가가 되려는

분들에게

글을 잘 쓰는 방법은 무엇일까요? 답은 뻔하죠. 많이 읽고 많이 쓰는 겁니다. '많이 읽고'가 특히 중요합니다. 많이 읽지 않으면 발상을 가져올 수 없기 때문입니다.

많이 읽는다는 것은 지식을 늘리는 행위입니다. 지식이 풍부하지 못하면 사물들의 연관성을 파악하기가 힘듭니다. 그런 사람도 좋은 소설을 한두 편 쓸 수는 있습니다. 하지만 그 이상은 쓸 수 없죠. 밑천이 다 드러난 겁니다. 밑천이 드러난 작가만큼 비참한 작가는 없습니다. 자기 복제를 하면서 한 이야기 또 하고, 한 이야기 또 하는 작가가 되고 싶은 사람은 없을 겁니다.

그렇기 때문에 닥치는 대로 책을 읽어 나가는 것이 중요합니다. 한 분야의 책만 읽는다면 한 분야의 글밖에는 쓸 수 없게 됩니다. 기초 체력을 길러야 그다음 단계로 넘어갈 수 있습니다. 지식의 폭이 넓어지면 그만큼 사물들을 더 많이 더 능숙하게 연관 지어 나갈 수 있습니다.

스티븐 킹은 이렇게 말합니다.

> 독서가 정말 중요한 까닭은 우리가 독서를 통해 창작의 과정에 친숙해지고 또 편안해지기 때문이다. 책을 읽는 사람은 작가의 나라에 입국하는 각종 서류와 증명서를 갖추는 셈이다.

정말 옳은 말입니다. 따라서 작가가 되고자 하는 사람은 설렁설렁 글을 읽어서는 안 됩니다. 관찰력은 여기에도 필요한 것입니다. 영화 〈아이, 로봇〉과 〈바이센테니얼 맨〉의 원작자이자 3대 SF 작가라 불리는 아이작 아시모프는 다음과 같이 말합니다.

> 그들의 작품과 또 다른 사람의 글을 읽어라. 다만 집중해서 꼼꼼하게 읽어야 한다. 그들이 배움터가 되어 줄 것이다. 그 작가들이 어떻게 글을 쓰는지 관찰하고 왜 그렇게 쓰는지 생각해 보려고 노력하라. 다른 사람의 설명은 아무 도움이 되지 않는다. 스스로 깨달을 때만 자신의 일부로 체득하게 된다.

꼭 '책'만 읽으라는 이야기가 아닙니다. 뉴스나 신문 칼럼 같은 것들도 모두 괜찮습니다. 소설을 읽는다면 그냥 그 속에 풍덩 빠져서 주인공과 같이 울고 웃는 것도 좋지만, 작가는 여기서 왜 독자를 울리려고 했는지, 왜 웃기려고 했는지, 무슨 생각으로 이렇게 이야기를 펼쳐 나갔는지를 생각해 보면 더욱 좋습니다.

그리고 처음의 발상에 너무 얽매이지 마세요. 글은 쓰다 보면 스스로 발전해서 발상과는 아무 관련 없는 내용이 되기도 하니까요. 발상과 다른 글이 되었다고 그 글을 내다 버릴 필요는 없습니다. 발상만 버리세요. 발상은 이야기를 꾸며 내는 촉매 역할만 하면 됩니다. 그 이상의 의미를 부여할 필요는 없습니다.

스코틀랜드의 소설가이자 시인 로버트 L. 스티븐슨이 《보물섬》 서문에 "지도에 낙서를 하다가 주인공들이 떠올라 이 소설을 썼다"라고 밝히지 않았다면 아무도 '지도'가 《보물섬》의 발상이었다는 것을 알 수 없었을 겁니다. 또 이런 건 독자가 몰라도 아무 상관 없습니다. 하지만 창작을 하려는 사람들에게는 의미가 있죠. 저렇게 발상이란 아무 데서나 생겨나는 거란 걸 알려 주니까요.

발상에 대한 마지막 이야기를 하죠. 많이 읽고 관찰력을 기르는 게 발상에서 중요한 요소라고 말했습니다. 그럼 많이 읽고 좋은 관찰력만 가지면 발상이 떠오를까요? 아닙니다.

"아니, 이 양반이 지금 누구 약 올리나?"라고 하지는 마세요. 이게 제일 중요한 이야기니까요.

프랑스의 생화학자 파스퇴르(파스퇴르 우유를 만든 사람은 아닙니다)는 이런 명언을 남겼습니다.

"우연은 기다리는 자에게만 온다."

발상에 대해서는 이렇게 말할 수 있습니다.

"발상은 기다리는 자에게만 온다."

쓰고자 하는 열망이 없다면 발상이 올 리가 없죠. 무슨 글을 쓸 것인가, 무엇을 다른 사람에게 말할 것인가가 없다면 발상은 오지 않습니다. 하고 싶은 이야기가 없는데 발상이 온다 한들 어쩌겠습니까? 할 말이 없는 사람은 어떤 좋은 발상을 한다 해도 그것만으로 끝나는 경우가 많습니다.

발상은 절대로 그냥 오지 않습니다. 닌텐도의 '슈퍼 마리오' 개발자로 유명한 미야모토 시게루는 이렇게 말한 바 있습니다.

창의적 발상은 절대로 우연히 나오지 않는다. 오히려 다양한 지식이 있어야 그 발상을 현실로 만들어 낼 수 있는 길이 보인다.

쓸
게?
없
다
었

주제와 소재

7

글쓰기를 하라고 하면
가장 많이 나오는 이야기가,
"쓸 게 없어요"라는 말입니다.
그동안 얼마나 웃고 울고 화내고 기뻐하고 했는지
생각해 본다면 쓸 게 없을 리가 없는 데도
참 많이들 이렇게
이야기합니다.

"그런 이야긴
창피하다고요."

그러니까 우리는
그런 이야기를 창피하지 않게
써 보도록 하죠.

자신이 겪은 일들을 잘 생각해 보고 그중에서 어떤 이야기를 꺼낼 것인가를 떠올려 봅니다. 이때 모든 일이 사실에 근거해서 기술될 필요는 없습니다. 앞서 말했듯 소설에서는 이야기를 더 잘 꾸며 낼 수 있다면 필요한 시간과 공간과 인물을 어디서든 가져올 수 있으니까요.

1945년, 영국의 소설가 조지 오웰은 소련을 비판하기 위해 '동물농장'이라는 공간을 가져오고 공산주의자 대신 돼지들을 등장시킨 《동물농장》이라는 소설을 발표합니다. 《1984》라는 소설에서는 독재 권력이 사람들을 복종시키는 것을 꼬집으려고 '1984년'이라는 미래의 시간과 사람들을 언제나 감시할 수 있는 새로운 장치들을 불러들이죠. 1887년부터 셜록 홈스 시리즈를 쓰기 시작한 코난 도일은 초기엔 19세기 말에 한정해서 홈스를 등장시켰는데, 그때가 이 탐정이 활동하기에 가장 이상적인 시간이라 여겼기 때문이었습니다. 이처럼 작가에게 있어 시간과 공간과 인물은 장애물이 되지 않습니다.

자전적 소설도, 소설이기 때문에 그 내용은 현실이 아니라는 선언을 하고 있다는 점을 알아 둘 필요가 있습니다. 자기 이야기를 소설로 쓰려고 하면서 허구가 들어가면 불편하다는 생각을 하면 곤란합니다. 주제를 더 부각시킬 수 있는 인물들을 투입해야 하고, 통찰을 보여 줄 수 있는 사건들을 넣어 줘야 합니다.

"아, 예전에 나한테 이런 일이 있었는데!"

그런 생각이 든다면, 이제 시작입니다.

새로운 소재는 주제에서 나온다

주제는 작가가 독자에게 전달하고 싶어 하는 메시지입니다. 메시지를 메시지로 전달하면 그건 소설이 아니겠죠. 소설로 군이 쓸 필요도 없겠고요. 주제는 이야기 속에 잘 감춰져 있어야 합니다. 독자들이 이야기를 읽고 스스로 깨닫도록 하는 것이죠.

얀 마텔의 《파이 이야기》(영화 〈라이프 오브 파이〉의 원작으로 유명합니다)를 보면 주인공 파이가 두 가지 이야기를 해 줍니다. 판타지와 실제를 모두 보여 주죠. 그리고 묻습니다. 어떤 이야기가 더 마음에 드느냐고. 실제 이야기는 실제 이야기로서의 가치가 있습니다. 하지만 소설은 실제를 새롭게 해석해 냅니다. 주제는 그 해석으로 만들어진 집 안 어딘가에 숨어 있습니다.

작가가 세운 집을 만드는 재료를 소재라고 합니다. 이 중에서도 주제와 가장 밀접한 소재는 제재라고 따로 부르기도 합니다. 사랑하는 사람이 죽었어도 산 사람은 꿋꿋이 살아가야 한다는 주제를 소설로 쓴다면, 제재는 죽음이 됩니다. 그리고 죽음에 이르는 이야기를 하기 위해 여러 가지 소재가 사용되겠죠.

작가는 소재라는 재료로 이야기를 만들어 내기 때문에 소재에 대해서 잘 알아야 합니다. 대개 소설을 쓸 때는 자기가 잘 아는 이야기를 쓰라고 하는데, 소재를 잘 모른다면 철근을 넣어서 세워야 하는 기둥을 그냥 찰흙만 가지고 만드는 것과 같습니다. 이렇게 지어진 집은 늑대가 와서 콧김 한 방으로 쓰러뜨릴 겁니다.

소재가 주제와 어울리는지도 살펴보세요. 초가집을 만들려고 하면서 대리석을 가지고 오면 곤란하지 않겠어요? 마찬가지로 궁궐을 지어야 하는데 볏짚과 짚으로 만든 벽돌만 들고 오면 소용이 없겠죠.

주제는 메시지이지만 소재는 실체가 있는 것입니다. 따라서 새로운 소재란 444번 원소와 같은 게 아닙니다.

학창 시절이라는 소재를 생각해 봅시다. 이런 보편적인 소재는 많은 작가들이 다루었지만, 오늘날에도 계속 다루어지고 있으며 미래에도 끊임없이 다루어질 것입니다. 이 소재를 주제에 따라 어떻게 다룰 것인가 하는 문제와 맥락을 같이 하기 때문입니다.

전 세계적인 베스트셀러《해리 포터》시리즈는 학창 시절을 다룬 대표적인 소설이죠. 일반 소설은 물론〈스파이더 맨: 홈커밍〉과 같은 영화나 여러 웹툰도 학교에서의 생활을 소재로 쓰고 있습니다.

학교생활을 배경으로 하면 동급생·교사·수위·영양사·요리사·교장·장학사·학부모 등 수많은 인물은 물론, 교과서·책상·의자·칠판 등 수업을 위한 물건들, 교실·운동장·주차장·창고·강당 등등의 장소, 버스·자동차·자전거·도보 등 학교로 가는 방법, 보통의 학교는 물론 대안학교·특수목적학교·혁신학교·외국어학교·자율학교, 방과 후 종합학원·단과학원 등 사용할 수 있는 소재가 무궁무진합니다.

각각은 다 흔하지만 저들을 어떻게 섞느냐에 따라서 독특한 조합을 만들어 낼 수 있습니다. 여러분도 서너 가지의 조합을 머리에 떠올릴 수 있죠. 평범한 것에서 끌어내는 새로운 조합은, 어쩌면 평범한 재료들을 넣어서 만들었지만 지금까지 본 적 없는 요리와 같을지도 모릅니다. 그러니 너무 기발한 소재를 찾는 데 열중할 필요는 없습니다.

우주선은 부드럽게 덜컹거렸다(X)

기발한 소재를 찾아냈다고 해도 그것이 바로 소설이 되지는 않습니다. 되어서도 안 되고요.

제가 학교에 다니던 시절에는 버스 안내양이라는 직업이 있었습니다. 내릴 정거장을 안내하고 버스 문을 열고 닫으며 버스 요금을 거두는, 지금은 기계가 하는 일을 모두 하던 사람들이 바로 안내양이었습니다. 안내양들은 시스템의 발전과 더불어 점차 사라져 갔습니다. 그러던 어느 날, 직장을 잃게 된 가난한 안내양이 생활고를 견디지 못하고 자살했다는 기사가 신문에 실렸습니다.

자신의 잘못이 아닌 일로 인해 목숨마저 위협받는다면 어딘가 잘못된 사회일 것입니다. 만약 이런 문제를 소설로 써서 사회에 울림을 주는 메시지를 던지고 싶다면 어떻게 해야 할까요?

첫째로 안내양의 생활을 알아야 합니다. 안내양의 근무 환경, 그곳에서 쫓겨났을 때의 생활 방편, 다른 직장을 구할 수 없었던 이유를 알아내야 하겠죠. 또한 버스 산업이 왜 안내양을 필요로 하지 않게 되었는지, 그것은 우리 삶에 어떤 의미가 있는지, 그리하여 이 사건을 통해 우리는 무엇을 얻어야 하느냐는 데까지 이 소재를 확장해 나가야 합니다.

이런 부분을 잘 알아보지 않고 상상에 의지해서 글을 쓰게 되면 반드시 잘못된 부분이 나타납니다. 그리고 그 순간 소설은 독자를 설득할 힘을 잃고 맙니다.

SF를 쓰는데, 가령 이런 문장이 있었다고 해 봅시다.

우리는 토성으로 가는 행로에 드디어 다시 진입할 수 있었다. 진입하는 순간, 우주선은 부드럽게 덜컹거렸다. 마치 우리의 무사 귀환을 같이 기뻐하는 것만 같았다.

위와 같은 문장은 완전히 엉터리입니다. 우주에는 공기가 없기 때문에 진동이 있을 수 없습니다. 과학적 지식이 있는 독자는 코웃음을 치고, 책을 던져버리겠죠. 그러나 그 뒤에 이런 문장이 붙는다면 달라집니다.

우리는 뭔가 문제가 생긴 것을 알아차렸다. 진공상태의 우주를 항해하는 우주선이 흔들릴 수는 없기 때문이다. 나는 승무원을 찾아서 무슨 일인지 확인하기로 했다.

소재를 주제에 확실히 녹이지 못한다면 주제를 죽이는 독소가 될 뿐입니다. 따라서 작가는 되도록이면 자신과 가까운 체험을 소재로 삼으려고 하게 마련입니다. 실수할 위험이 매우 적기 때문이죠.

평소에 많은 관찰과 공부로 사물에 대한 인식의 폭을 넓혀 두세요. 현대를 배경으로 로맨스소설을 쓰겠다면, 남자라 할지라도 여자들의 화장품과 화장법에 대해서 속속들이 알고 있어야 합니다. 그래야 직장에서 돌아온 주인공이 피곤한 나머지 화장을 지우지 못하고 잠들었다가 아침에 깨어나 후회하는 장면을 리얼하게 그려 낼 수 있죠.

모든 소재를 넣으면 설정집이다

소재는 소재일 뿐이라는 점도 명심해야 합니다. 소재에 얽매여 주제를 잊으면 곤란해집니다. 기껏 소재를 파고들었는데, 소설에서 안 써먹으면 억울하다고 생각하는 사람들이 가끔 있습니다. 이런 사람들의 소설은 하나의 거대한 자료집처럼 보입니다. 자기가 취재하고 조사해 알아낸 사실들을 빼곡하게 적었기 때문이죠. 그 결과는 설정집 같은 소설이 되는 것뿐입니다. 작가는 쓰지 않아야 하는 부분을 정확히 알고 있어야 합니다.

가령 역사소설은 그 배경을 역사적 사실에 두고 있어 작가의 상상력이 제한될 때가 많습니다. 명백한 사실을 그렇지 않다고 이야기할 수 없는 경우들이 있어서입니다. 하지만 결코 절대적이지는 않습니다.

브래드 피트가 주연한 영화 〈트로이〉를 보면 아킬레스가 죽는 장면이 매우 인상적입니다. 신화에서는 아킬레스가 저승의 강에 몸을 담갔기 때문에 어머니가 손으로 잡고 있어 강물이 닿지 않았던 발뒤꿈치 외에는 불사의 몸이었다고 합니다. 그래서 파리스는 바로 그 유명한 '아킬레스건'을 쏘아서 그를 죽입니다.

하지만 영화에서 아킬레스는 피와 살을 가진 인간으로 나오고 파리스는 그의 몸에 화살을 여러 발 쏩니다. 아킬레스는 죽음이 임박한 순간 자기 몸에 꽂힌 화살들을 모두 뽑아버리는데, 발뒤꿈치에 박힌 화살은 미처 뽑지 못하고 죽습니다. 〈트로이〉는 아주 잘 알려진 신화를 소재로 삼았지만, 신화 그대로 영화를 만들지 않은 것이죠. 감독은 '신화란 이런 식으로 생겨난다'는 말을 하고 싶었던 듯합니다.

이렇게 역사적 사실을 바꿔 새로운 이야기를 빚어내는 것은 생각만 해도 즐거운 일입니다. 소재를 가지고 와서 잘 조리해 주제에 맞는 음식으로 만들면 군침이 도는 멋진 요리가 되죠. 소재가 주제에 의해 재단되고 결합될 때, 두 가지는 융합되어 함께 빛날 수 있습니다.

영화 〈트로이〉의 주제가 위에서 말한 것 하나만은 아닙니다. 여러 가지가 있습니다. 주제는 메시지라고 했었죠? 한 작품 속에 많은 메시지를 담는다고 문제가 될 건 없습니다. 그게 소화불량을 일으키는 요리가 되지만 않는다면 말이죠.

　노벨문학상 수상자인 네이딘 고디머는 이렇게 말합니다.

　"어떤 의미에서 작가는 주제의 선택을 받는다. 그의 주제야말로 그가 살고 있는 시대의 의식意識이다."

　우리가 살아가고 있는 현재에 대한 문제의식이 글을 쓰게 만든다는 뜻입니다. 문제의식은 주제의 다른 말입니다. 여러분이 다양한 형태로 겪은 부당한 일, 마음 아픈 일 역시 소설이 될 가치가 있다는 것을 알려 주는 말이기도 하죠.

뻔한 스토리가 되는 게 무섭다면

플롯

8

주제도 잡았고,
그에 걸맞은 소재도 찾았다면
이제 써나갈 일만 남은 셈.

그런데 뭘 써야 할지
모르겠다고요?

그렇다는 건 아직 이야기가 준비되지 않았다는 뜻입니다. 누군가 이렇게 투덜대는군요.

"앗, 그게 무슨 말이에요? 우리는 이야기를 쓰려고 하는 건데 이야기를 준비하라고 하면 어떻게 해요?"

그렇긴 하군요. 그럼 구분을 해 보죠.

사건의 재배열

소설은 이야기, 즉 스토리와는 좀 다른 겁니다.

'스토리'란 쉬운 말로 하자면 시간순으로 서술한 줄거리입니다.

여기에 '동기(모티프motif)'가 부여되면 '플롯plot(구성)'이 되죠.

가령 '여자와 남자가 등장하는 스토리를 구성하라'는 과제를 받았다고 해 봅시다. 그러면 '여자가 남자에게 살해당했다'는 초간단한 스토리를 세워 볼 수 있습니다. 그런데 왜 여자가 살해당한 거죠? 남자가 미친 건 아닐까요? 아닙니다. 남자는 여자의 재산을 노렸던 것입니다. 지금 우리는 남자가 여자를 죽인 동기를 만들어 냈습니다.

이처럼 스토리에 동기를 붙여 새롭게 구성한 스토리를 플롯이라 부릅니다.

아직도 스토리와 플롯의 차이점을 잘 모르겠다고요? 추리소설을 예로 설명해 보겠습니다.

① 탐정 사무실에 어떤 사람이 찾아와 사건을 의뢰합니다. 한 여자를 죽인 범인을 찾아 달라는 내용입니다.

② 탐정은 조수와 함께 사건을 조사합니다. 여자의 전날 행적을 추적합니다.

③ 여자가 만났던 사람들을 살펴보고, 그 사람들의 한 달 전 행적도 뒤쫓습니다.

④ 사건의 윤곽이 드러나는 듯하더니, 의뢰인을 누군가가 납치합니다.

⑤ 의뢰인을 납치한 사람을 찾아냅니다. 그런데 납치는 자작극이었군요.

⑥ 의뢰인이 범인이라는 사실과 그의 행적 및 동기가 밝혀집니다.

그럴듯한 추리소설입니다. 그런데 시간순으로 배열되어 있지는 않습니다. 저 사건이 시간순으로 배열된다면, '③사건 한 달 전 이야기 - ②사건 전날 이야기 - ⑥사건 당일 이야기 - ①조사 의뢰 - ④납치 사건 발생 - ⑤범인 체포'가 되어야 합니다. 이렇게 한다면 범죄소설은 될 수 있어도 추리소설은 되지 않겠죠.

스토리는 시간 순서에 따른 사건의 배열을, 플롯은 인과관계에 따른 사건의 재배열을 의미합니다. 스토리는 그 일 다음에 무슨 일이 생겼는가를 묻지만(여자가 살해당했대. 그래서?), 플롯은 그 일이 왜 일어났는지를 묻기 때문이죠(여자가 살해당했대? 왜?).

플롯의 3대 요소

플롯의 3대 요소는 인물character, 사건acting, 배경setting 입니다.

인물은 개성을 부여받아서 행동하는 무엇을 가리킵니다. '무엇'이라고 하는 이유는 사람이 아닐 수도 있기 때문입니다. 인물은 로봇일 수도 있고, 개미일 수도 있고, 외계인일 수도 있죠.

잔인한 아버지를 한번 생각해 봅시다. 그가 잔인한 성격을 가지게 된 것은 그 자신도 어릴 때 아버지에게 학대를 받았기 때문입니다. 사회는 그에게 한 번도 관용을 베풀어 준 적이 없습니다. 어려서부터 배를 곯아 온 그는 있을 때 잘해야 한다는 신념으로 살아가고 있습니다. 내일 일을 걱정하지 않습니다.

이렇게 인물의 행위를 중심으로 벌어지는 상황을 '사건'이라고 합니다. 인물의 모든 것은 사건을 통해서 표현됩니다. "그는 잔인한 사람이었다"라고 쓸 수도 있습니다만, "그는 무표정한 얼굴로 몽둥이를 들어 열 살밖에 되지 않은 아들을 때리기 시작했다"라고 쓴다면 독자는 인물이 매우 잔인한 사람이라는 걸 몸으로 느낄 수 있습니다. 사건을 통해 인물을 나타내는 것이 중요한 까닭입니다. 그런데 아들을 왜 때렸냐고요? 그런 의문을 갖는 것이 좋습니다. 바로 그런 생각을 적어 나가면서 플롯을 완성하게 됩니다.

인물이 사건을 겪는 시간적, 공간적 무대는 '배경'이라고 합니다. 자기 아들을 무지막지하게 때려도 아무도 간섭하지 않는 17세기의 유럽 정도로 설정을 가져가 봅시다. 이 시기는 인권 의식이 막 태동하고 있던 때입니다. 따라서 배경에 맞게 매 맞는 아들을 지켜 줄 조력자가 등장해도 괜찮겠습니다.

이렇게 긴밀하게 관계하는 것들을 모아서 생각을 발전시킵니다. 상상력이 필요합니다!

플롯은 앞서 살펴본 주제와 소재에 못지않게 중요합니다. 세 가지는 어느 게 먼저라고 말할 수 없이 작가의 머릿속에 복잡하게 얽혀 있기 마련인데, 각각의 가닥을 엮어 나가는 것은 상상력입니다. 구속받지 않는 자유로운 상상력이 있어야 소설을 만들 수 있습니다.

다만 상상과 망상은 구분할 필요가 있겠습니다. 공감할 수 있는 생각이 상상이라면, 혼자만 흡족해하는 생각은 망상입니다. 인과관계가 성립하지 않는 글을 무한히 자유로운 상상력으로 마구 써버린다면, 그것은 망상의 기록일 뿐 상상의 산물이 아닙니다.

좋은 플롯에는 '원인'이 있다

좋은 플롯은 독자들을 납득시킵니다. 사건이 일어날 만한 동기를 보여 주죠.

너무 친절했던 남자가 갑자기 표독스러운 행동을 한다면 그에 걸맞은 이유가 준비되어야 합니다. 가령 암에 걸려서 애인에게 정을 떼고 이별을 고하려고 갑자기 표독스러워진다는 식의 사연이 있어야 하겠죠. 그런데 그가 평소 자기밖에 몰랐던 사람이라면 갑자기 애인을 배려한다는 설정은 개연성이 없어 보일 수밖에 없습니다. 하지만 죽음의 공포 앞에서 자신의 삶을 돌아보고 반성한 끝에 드디어 상대를 배려할 줄 아는 사람으로 거듭났다는 설명이 들어간다면 다시 납득할 수 있는 플롯이 됩니다.

주인공이나 등장인물의 행동 양태를 만들어 나가면서 개연성을 부여하다 보면, 어느새 멋진 플롯을 갖게 되기도 합니다. 흔히 작가들이 "등장인물들이 이야기를 만들어 가게 됩니다"라고 말하는 경우에 속하죠.

어떤 작가는 작품을 구상하면서 카드를 만듭니다. 인물, 사건, 배경을 각 카드에 다 기록을 합니다. 그리고 그것들을 다시 배열해 나갑니다. 독자가 소설을 더 빨리 이해하고 몰입하도록 만드는 거죠. 핵심은 '재배열'이라는 말에 있습니다. 플롯은 재배열이라는 것을 기억해야 합니다.

"재배열이라면 시간순으로 전개되는 이야기는 플롯이 없는 이야기가 된다는 말?"

천만에요. 그것을 우리는 평면적 구성이라고 부릅니다. 플롯이 매우 전형적인《심청전》을 봅시다.《심청전》은 소설 기법이 발달하지 않은 고대의 소설답게 시간순으로 사건이 배열되어 있으나 사람들의 일상사를 그대로 옮기고 있지는 않습니다. 즉, 소설 속의 시간은 균일하게 흐르지 않습니다. 심청이 황후가 되는 데까지 한 방향으로 흘렀던 시간은 심 봉사가 뺑덕어멈과 만나는 대목에서 역

류합니다. 과거로 되돌아가 이야기가 시작되죠.

소설 속의 시간은 작가에 의해서 창조된 것이기 때문에 평면적 구성에서도 플롯은 존재하는 법입니다. 평면적 구성은 단순한 만큼 독자가 사건에 더 집중하게 만드는 효과가 있죠. 현대의 소설가들이 평면적 구성을 택했다면, 이 점을 노리는 것입니다.

발단에서 대단원까지

이제 플롯의 구조에 대해 이야기해 보자면 다음과 같습니다.

발단 – 전개 – 위기 – 절정 – 대단원

주의할 점이 있습니다. 위의 저 순서는 글의 순서이지, 결코 시간의 흐름을 가리키는 게 아니라는 점입니다. 말하자면 아기가 태어나서(발단) 자라나고(전개) 사랑을 하게 되면서(위기) 결혼에 이르러(절정) 행복하게 살았다(대단원)는 식의 순서를 의미하지 않습니다. 이런 글은 위인전은 될 수 있을지 몰라도 소설은 되기 힘들겠습니다.

그럼 이 다섯 가지를 하나씩 살펴보도록 하죠.

발단

발단은 소설에서 결말보다 중요하다고 할 수 있습니다. 에드거 앨런 포는 "작품 첫머리의 실패는 실패의 첫걸음이다"라고까지 말합니다. 발단에서 독자들을 끌어들이지 못하면 더 이상 읽게 하기가 어려워지기 때문이죠. 발단에서는 앞으로 어떤 문제를 다룰 것인지, 그 문제를 다룰 사람들은 누구인지가 나타나는 것이 정상입니다.

추리소설을 예로 들어 보겠습니다.

정통 추리소설에는 몇 가지 원칙이 있는데, 그중 하나는 이런 것입니다. '범인은 소설의 주요 인물로 초기에 등장해야 한다.'

추리소설을 읽으며 범인을 열심히 추측했는데 지나가던 우유 배달원이 범인이었다는 식으로 끝나면 황당하겠죠? 따라서 범인은 초기에 등장하는 주요 인물이어야 한다고 정의한 겁니다. 일반 소설의 경우도 마찬가지입니다.

다루게 될 문제를 제시하는 방법은 참으로 다양합니다. 꼭 사건을 통해서 제기되는 것도 아닙니다. 다음 글은 이상의 〈날개〉 중 발단의 일부분입니다. 이것을 읽고 이야기를 계속하죠.

'박제가 되어버린 천재'를 아시오? 나는 유쾌하오. 이런 때 연애까지 유쾌하오. 육신이 흐느적흐느적하도록 피로했을 때만 정신이 은화처럼 맑소. 니코틴이 내 횟배 앓는 뱃속으로 스미면 머리 속에 으레 백지가 준비되는 법이오. 그 위에다 나는 위트와 패러독스를 바둑 포석처럼 늘어놓았소. 가증할 상식의 병이오. 나는 또 여인과 생활을 설계하오. 연애 기법에 마저 서먹서먹해진, 지성의 극치를 흘깃 좀 들여다본 일이 있는, 말하자면 일종의 정신분일자精神奔逸者 말이오. 이런 여인의 반半─그것은 온갖 것의 반이오─만을 영수領收하는 생활을 설계한다는 말이오. 그런 생활 속에 한 발만 들여놓고 흡사 두 개의 태양처럼 마주 쳐다보면서 낄낄거리는 것이오. 나는 아마 어지간히 인생의 제행諸行이 싱거워서 견딜 수가 없게끔 되고 그만둔 모양이오. 굿바이. 굿바이.

이상의 〈날개〉에는 사실상 인물이 두 명만 나옵니다. 그 사람들이 발단에 다 등장하고 있죠. 주인공과 주인공이 반만 차지하고 있는 여인. 주인공의 상태는 심상치 않습니다. '박제가 되어버린 천재'라는 알쏭달쏭한 말로 시작해서, 본래 유쾌할 수밖에 없는 '연애'를 마치 불쾌한 것인 양 취급하는 발언에서 금방 눈치챌 수 있죠.

살짝 미친 사람 이야기 같긴 하지만 그래도 우리는 왜 이 작자가 연애도 불쾌하다고 생각하고 "여인의 반만을 영수"한다고 말하는지 궁금해지고 맙니다. 그러니 무슨 도리가 있겠습니까? 소설을 계속 읽어 봐야죠. 그렇게 결론에 도달할 때, 제일 첫머리에 도전적으로 나온 '박제가 되어버린 천재' 그리고 '반만 영수한 여인'이 이 소설을 읽어 나가게 만드는 원동력이고 소설 전체를 관통하는 주제와 맞닿아 있는 가장 중요한 존재라는 사실을 깨닫게 됩니다.

발단에서 다루겠다고 이야기한 문제는 결말에서 다루어야 합니다. 그러지 않으면 살인 사건을 수사했는데 절도범을 체포하는 것과 같이 생뚱맞은 일이 되죠. 단, 지금 한 이야기는 단편소설에서의 발단에 한정된다고 봐야 하겠습니다. 장편소설도 크게는 같은 플롯이지만 좀 더 복잡한 발단을 가지고 있으므로, 단편과 장편은 별도의 분야라고 생각하는 것이 좋습니다.

전개

발단에서 제기된 문제가 이야기 속에서 구체화되는 단계가 바로 전개입니다. 등장인물들이 대부분 나타나고 갈등이 일정한 형태로 드러나게 되죠.

소설에서 '갈등'이란 인물의 내면을 보여 주는 중요한 요소입니다. 그 형태는 매우 다양하죠. 주인공 내부의 문제(내적 갈등)일 수도 있고, 주인공과 사회의 문제(외적 갈등)일 수도 있습니다.

갈등이 존재하지 않는다면 소설이라 부를 수 없습니다. 글이 밋밋해져 흥미를 느낄 수 없게 되고 주제를 전달하기도 어려워집니다. 갈등이 약하면 결말에 공감하기가 힘들어지는 법입니다. 갈등의 폭이 좁으면 이야기는 길어지지 않습니다. 많은 청소년이 긴 글을 쓰기 어렵다고 말하는데, 그것은 갈등을 고조시키지 못하기 때문입니다. 더 깊은 갈등의 골짜기를 만들수록, 더 깊은 소설의 계곡이 생겨날 수 있습니다.

이러한 갈등을 작가가 선언하려고 하면 안 됩니다. 작가가 독자들을 가르치겠다고 생각한다면 소설로 쓸 필요는 없습니다. 논설문을 쓰고, 그것을 바탕으로 연설하면 됩니다.

소설가는 갈등을 사건 속에서 설명해 나갑니다. 그것이 바로 '전개'에 해당하는 부분입니다.

전개에서 갈등은 점점 더 복잡하고 힘겨운 상황으로 업그레이드되어 갑니다. 도무지 어떻게 해야 할지 알 수 없는 지경까지 갈등이 고조되면 이제 '위기'의 단계로 넘어가게 되죠.

위기

'위기'는 갈등이 최고조에 도달한 지점을 가리키는 말입니다. 더 이상 올라갈 곳이 없다는 뜻이죠. 그러니 이제 내려와야 하겠죠? 이때 내려가는 방향은 전개에서 이미 암시되어 있기 마련입니다.

여기서는 작가와 독자 간의 힘겨루기가 이루어집니다. 누구나 예상할 수 있는 그런 결말을 향해 내려가게 되면, 독자들은 시시한 작품을 읽었다고 생각할 겁니다. 예상치 못한 방향으로 내려가면

신선한 자극을 받게 되겠죠. 이것을 반전이라 부릅니다.

절정

반전이 이루어지면서 독자가 충격을 받게 되는 그 부분이 절정입니다. 단편소설에서는 특히 반전을 중요시하죠. 가능하다면 독자에게 충격을 주는 게 좋은 방법임은 분명합니다. 충격을 통해 주제에 대해 좀 더 생각해 보게 할 수 있으니까요. 하지만 주의하세요. 초보 작가들의 경우 반전을 너무 의식하고 글을 쓰는 바람에 개연성을 상실하는 경우가 종종 있습니다. 독자를 놀라게 하려고 개연성을 무시한 반전을 일으키는 것이죠. 시속 100킬로미터로 달리는 차가 갑자기 방향을 90도로 꺾을 수는 없습니다. 이 방법은 차라리 평범한 결론으로 가는 것보다 더 나쁘다고 하겠습니다.

반전보다 중요한 건 독자와의 대화입니다. 독자를 속여야 한다고 생각하지 마세요. 작가는 독자와 주제에 관해 대화하는 사람이지, 독자를 놀래 줘야 하는 마술사가 아닙니다.

단편소설에서 절정은 대단원과 동시에 처리되는 경우도 많습니다. 글의 흐름이 매우 빠르다는 의미입니다. 왜 발단-전개로 나아가는 것보다 절정-대단원이 더 빠르게 진행되는 것일까요?

'위기' 때문입니다. 발단-전개-위기로 가는 도중에는 많은 가능성이 내포되어 있습니다. 작가는 그 가능성들을 적절히 가지치기

해 줘야 합니다. 경우의 수가 줄어들면서 이야기는 한 방향으로 집중되고, 위기에서 반전이 이루어지는 순간 결말은 예정되죠. 절정과 대단원은 바로 이 집중된 방향의 이야기입니다. 그러니 당연히 이야기의 흐름이 빠를 수밖에 없습니다.

대단원

초보 작가들이 흔히 저지르는 실수가 대단원에서 지금까지 나온 모든 이야기를 끝내야 한다고 생각하는 겁니다. 그럴 필요 없습니다. 때로는, 벌어진 사건을 마무리하고 여러 등장인물들의 곁가지 이야기를 다 끝내지 않아도 괜찮습니다.

《피노키오》는 원래 피노키오가 여우 일당에게 속아 목매달아 죽는 장면으로 끝났던 동화였습니다. 피노키오를 살려내라는 독자들의 빗발치는 요청 끝에 뒷이야기가 나오게 되었죠.《오즈의 마법사》도 도로시가 캔자스로 돌아가는 한 권짜리 동화였는데 독자들이 오즈의 나라가 너무나 궁금하다고 하는 통에 속편들이 만들어졌습니다.

이야기는 해결이 아니라 더 암담한 상황 속으로 들어가며 끝날 수도 있습니다. 〈날개〉의 주인공이 죽어버리는 것처럼 말이죠. 하지만 독자는 이 죽음에서 '박제가 된 천재'라는 서두의 말을 돌이켜 보게 됩니다. 그리고 일제강점기라는 상황이 당시 지식인들, 나아가 우리에게 과연 어떤 의미인지 다시 한 번 생각해 보게 되죠. 하나의 사건은 끝이 나지만 이곳에서 우리는 새로운 문제를 만납니다.

그러나 새로운 문제가 평지에서 산이 우뚝 솟는 식으로 제시되어서는 곤란합니다. 모든 문제는 발단에서 전개와 위기, 절정을 거쳐 필연적으로 그렇게 나아갈 수밖에 없는 과정을 통해 제기되어야 합니다. 노벨문학상 수상 작가 아나톨 프랑스는 이렇게 말합니다.

우연적인 모든 것을 베어버려야 한다. 이 작업은 난폭하지만 작가에게는 꼭 필요한 일이다.

그렇게 하지 못한 작품을 봤을 때 우리는 소설의 구성이 엉성하다고 이야기하게 되는 것입니다.

물론 소설은 다양한 형태를 가진 생물입니다. 플롯을 5단계로 나눈다고 해서 각 단계가 동등한 분량을 가지고 있는 건 아닙니다. 규정에 너무 얽매이다 보면 창의력이 죽어버릴 수도 있죠. 어떤 작가들은 플롯이 필요 없다고 말하기도 합니다. 현대 소설은 실험적인 형태로 쓰여 고전적인 플롯과는 부합하지 않을 때도 많습니다. 웹소설이나 대하 장편 연재소설의 경우도 기존의 플롯 이론과는 잘 맞지 않는 부분이 있죠.

하지만 초보 작가들은 반드시 위의 단계를 거친 글쓰기를 해 봐야 합니다. 그림을 그리는 사람들이 데생 과정을 건너뛰지 않는 것처럼 말이죠. 기본을 탄탄하게 갖추고 있지 않다면 변형을 구사할 수 없습니다. 습작 시기에 많은 실험을 해 볼 수 있습니다만 그래도 정형적인 틀에 맞춰 보는 것이 좋습니다. 그러다 보면 어디에 힘을 주고, 어디에 힘을 빼야 하는지 알게 됩니다. 자기 스타일은 이렇게 키워 나가는 것입니다.

교훈이 꼭 있어야

할까?

그럴듯한 스토리는 떠올랐는데, 뭔가 없는 것 같아요. 뭘까요? 교훈이 없군요. 왠지 글을 읽는 사람들에게 피가 되고 살이 되는 걸 남겨 줘야 할 것 같지 않나요?

자, 이런 이야기를 한번 생각해 보세요.

민호라는 아이가 있었는데 왕따를 당했어요. 영수는 민호를 아는 척하면 같이 따돌림 당할까 봐 무서웠지만 어느 날 민호와 단둘이 교실에 남았고, 어쩔 수 없이 같이 하교를 하다가 뭔가 사건이 일어나 둘은 가까워지죠. 그러던 중 민호가 교실에서 어려운 처지에 놓이게 됩니다.

위의 이야기는 발단에 해당합니다. 이제 어떻게 이 이야기를 전개하고 싶나요?

감동적으로? 민호와 편을 먹고 폭력을 휘두르는 아이들에게 맞섭니다. 점차 주인공 영수 편을 드는 아이들이 늘어나 드디어 폭력을 물리치고 만만세.

교훈적이기도 하고 해결책도 제시하는 좋은 소설인 듯합니다. 문제는 이렇게 쓰는 게 생각보다 훨씬 어렵다는 점입니다. 자칫하면 굉장히 유치해지는 글이 되죠. 왜 그럴까요? 현실적으로 그렇게 행동하기 어렵다는 것을 글 쓰는 이도, 글을 보는 이도 알기 때문입니다. 그래서 작가는 주인공이 그렇게 행동할 수밖에 없는 많은 '이유'를 앞에 써 놓음으로써 글을 읽는 사람들의 감정을 조심스럽게 같이 끌고 나갔어야 합니다. 아이고, 어렵군요. 역시 소설이란 아무나 쓰는 게 아닌가 봅니다.

이렇게 미리 실망하지는 마세요. 영웅적인 주인공에 대해서 쓰는 것은 뻔뻔한 악당에 대해서 쓰는 것보다 어렵습니다. 까딱하면 아주 상투적인 글이 되죠. 위 이야기의 단점은 빤하다는 데 있습니다. 불의에 맞서 정의를 행사하는 이야기는 참 많습니다. 많다는 건 평범하다는 이야기고, 곧 빤하다는 이야기입니다. 전개가 읽는 이의 눈에 잡히면 그 글은 흥미를 잃게 됩니다. 세상에는 놀 것, 볼 것, 들을 것이 얼마든지 있습니다. 뻔하디 뻔한 이야기를 굳이 읽을 이유가 뭐 있겠어요?

그러니 이야기를 조금 바꿔 보겠습니다.

곤란해진 민호는 영수에게 도움을 요청합니다. 지금까지 영수는 언제라도 민호를 위해 한 몸을 다 바칠 것처럼 행동해 왔습니다. 하지만 반전을 위해서 이런 행동은 희생시키도록 합시다. 영수는 민호를 외면합니다. 민호는 절망하고, 영수도 사실은 절망합니다. 이야기 끝.

소설을 통해서 문제를 제기했고, 읽는 이들은 영수의 비겁함을 반면교사로 삼아 깨달음을 얻고 정의를 위해서 용기 있게 행동해야겠다고 생각하게 되겠죠. 교훈이라는 함정도 빠져나갔고 충격적인 반전을 줬으니 만족할 수 있겠군요.

그렇게 생각했다면 큰 오산입니다. 이런 전개 역시 빤한 반전. 뻔하디 뻔한 이야기에서 벗어날 수가 없습니다. 여기에는 '위기'가 빠졌습니다. 주인공이 겪어야 하는 내면적 갈등이 보이지 않고, 우정과 정의를 지키지 못하고 현실의 권력 앞에 굴복하게 된 사연이 없죠. 영수의 행동에 여전히 '왜'가 빠져 있기 때문에 이런 결과가 나오는 것입니다.

이번엔 다음과 같이 써 볼까요?

사실은 영수가 민호를 괴롭히는 숨은 악당이었던 겁니다. 교실에 남았던 이유도 민호의 약점을 더 알아내기 위해서였죠.

그걸 이용해서 괴롭히려고 했던 거예요. 소설은 민호의 절망과 영수의 끝없는 악의를 드러내며 끝납니다.

어때요? 충분히 충격적이죠? 소설은 영수의 정체가 밝혀지는 순간 절정에, 그의 악의가 노골적으로 드러날 때 대단원에 이르게 됩니다. 작가는 독자가 이 소설을 다시 읽을 때 주인공이 사실 악당이었다는 점을 알면 더 재미있게 읽을 수 있는 장치들을 넣어 둬야 하겠죠. 민호를 위하는 척 말하는 게 사실은 비밀을 털어놓게 하려는 행동일 뿐, 위로를 전하고 있지는 않다는 점을 알 수 있게 쓰면 훨씬 흥미진진할 겁니다.

하지만 영수가 왜 민호를 그렇게 괴롭히는지, 그 심리가 충분히 드러나지 않는다면 재미는 크지 않을 거예요. 반전을 위한 반전으로 비칠 가능성이 매우 높으니까요. 영수는 민호의 어떤 면을 증오하고 있는 것일까요? 또 왜? 사실은 그 안에서 자신의 어떤 모습을 보고 있는 건 아닐까요? 희망을 잃고 쓰러지는 민호를 보면서 자기 안의 약한 면이 일부 소멸되는 느낌을 받는 것은 아닐까요? 그렇다면 그런 심리를 어떻게 묘사해 볼 수 있을까요?

민호가 주인공 영수의 약한 면을 드러내는 인물이라면, 영수가 원하는 강한 면을 가진 인물도 하나 등장하면 좋지 않을까요? 그리고 그 둘 사이에서 주인공의 내적 갈등이 드러난다면? 주인공이 결국은 자신이 부러워하는 강한 면과 경멸하는 약한 면 모두가 자기를 이루고 있는 것임을 깨닫고, 두 면을 포함한 시선으로 세상을 보게 된다면? 그럼 결말도 달라지겠죠. 단순히 주인공의 악의가 드러나는 것으로 끝나는 게 아니라 악의와 자신의 악의에 고통받는 주인공의 모습까지 겹쳐 보일 겁니다.

자, 여러분은 지금까지 이야기가 어떻게 발전하는지, 이야기가 어떻게 소설이 되는지를 본 것입니다. 이에 따라 사건도 더 만들어야 하고, 등장인물도 더 늘어나겠죠. 추가된 사건들을 다시 배열해야 할 테고요. 뻔할 것 같았던 이야기가 점점 복잡해지고 있습니다. 플롯을 획득해 가고 있는 겁니다.

나의 세계에 초대하는 법

배경

9

소설을 쓴다는 것은
하나의 세계를
만들어 내는 일입니다.
그렇다면 먼저 무엇을
해야 할까요?

적절한 모델이 하나 있네요.
세계를 만들었다는
이분이 무슨 일을 했는지
한번 봅시다.

하느님이라 불리는 이분은 인간을 만들기 전에 바다와 땅, 동물과 식물, 밤과 낮 등을 만드셨습니다. 우리도 소설이라는 하나의 세계와 그 속의 주인공을 위해 배경을 만들어야 합니다. 반드시 이것부터 만들어야 하는 건 아니지만, 꼭 만들어야 하는 건 사실입니다.

배경은 주인공이 걷고 뛰고 생활하는 그 모든 공간과 시간이라고 할 수 있습니다. 소설이 뿌리박고 있는 단단한 배경부터 소설의 의미(주제 또는 작가의 해석)를 좀 더 명확하게 보여 주는 장치로서의 배경까지 모두 포함됩니다.

앞서 이야기한 것이 광의의 배경입니다. 소설을 시작하는 바탕이 되는 세계, 흔히 세계관이라고 부르죠. 주인공들의 삶이 펼쳐지는 이 거대한 시공간은 소설 속에서 나타나기도 하고, 나타나지 않기도 합니다. 누구나 알 수 있는 배경은 그려지지 않고 그냥 이야기 속에 묻어 있게 마련이니까요. 또 오늘날 독자들은 자신이 고른 소설이 어떤 성격의 소설인지를 알고 읽는 경우가 많습니다. 마치 예고편을 보고 영화를 보러 가는 것처럼 책의 앞뒤에 적혀 있는 글을 보고 작품의 성격을 미리 파악하죠. 《해리 포터》 시리즈를 판타지가 아닌 줄 알고 읽는 경우는 없을 겁니다.

반면에 그 배경이 독특한 것, 작가의 상상에 의해 생긴 것이라면 당연히 설명이 나와야 합니다. 글을 시작하며 보여 줘야 한다는 의미가 아닙니다. 작품 안에서 확실하게 드러나야 한다는 뜻입니다.

배경을 보여 주는 건 그리 어려운 일이 아닙니다.

"야, 김민호. 돈 가져왔냐?"

"아, 그게… 오늘은 좀 어려웠어."

이렇게 소설이 시작되면 어떤 이야기인지 알 수가 없습니다. 하지만 저 문장 앞에 다음과 같이 한 줄 넣어 주면 어떨까요?

① 텅 빈 교실에 학생 두 명이 남아 있었다.

② 어두운 골목에 두 청년이 바짝 붙어 있었다.

③ 눈부신 빛과 함께 포털이 열리고 민호가 비틀거리며 튀어나왔다.

①번은 학원물이라는 것을 알 수 있습니다. ②번은 스릴러물일 까요? ③번은 판타지물이 분명하겠네요. 간단한 한 줄이지만 이 소설의 배경이 무엇인지 정확하게 전달하고 있습니다.

철저히 계산된 세계

작가가 만들어 낸 세계는 아무리 현실과 유사하다고 해도 작가에 의해 조율된 것입니다. 여러분이 현실 세계의 배경을 가져온다 해도, 그건 여러분의 눈에 비친 세계이며 여러분이 다시 조형한 세계입니다. 따라서 조형된 세계를 설명할 필요가 있는 경우가 발생합니다.

장편소설에서는 배경에 대해 설명할 충분한 시간이 있지만, 매우 효율적으로 배경을 설명해 나가야 하는 단편소설에서는 그만한 여유가 없습니다. 판타지 소설을 쓰는 작가들 중에 단편소설을 잘 쓰는 작가가 많지 않은 이유입니다. 독자에게 세계관을 빨리, 잘 설명하기가 어렵기 때문이죠(반대로 설명해야 할 배경이 핵심적인 몇 가지에 국한된 SF나 추리소설에는 흥미로운 단편소설이 많습니다).

전체적인 배경을 아주 간략하게 처리할 수 있는 방법이 있긴 합니다. 예를 들어《홍길동전》은 첫머리에서 "조선 세종 때의 일"이라는 말로 시간적 배경(세종)과 공간적 배경(조선)을 밝히고 있습니다.

그럼 《홍길동전》에는 이것 외의 배경이 없는 걸까요? 그럴 리야 없죠. 하지만 전근대 소설들의 배경은 매우 간단하고 비중도 낮은 편입니다. 소설 작법이 발달하지 못해서 배경의 중요성을 아직 몰랐기 때문입니다.

그들이 길을 다시 걷기 시작했을 땐 어스름이 그들의 주위를 감싸고 있었고 서풍이 나뭇가지 사이로 지나가면서 나뭇잎들과 속삭이고 있었다. 길은 곧 완만하게 내리막으로 경사가 졌고 차츰 어둠 속으로 접어들었다. 어두워져 가는 동쪽 하늘에 나무들 위로 별이 하나 나타났다. 그들은 어깨를 나란히 하고 발맞춰서 용감하게 걸어갔다.

위 글은 J. R. R. 톨킨이 쓴 《반지의 제왕》에 나오는 한 구절입니다. 어두운 길이지만 친구들이 함께 걸어가는 편안한 분위기를 느낄 수 있게 구성되어 있습니다. 부드러운 표현을 썼기 때문에 어둠마저도 그들을 보호하는 듯합니다. 그런데 같은 배경이라도 이렇게 쓴다면 느낌이 확 달라질 것입니다.

그들이 길을 다시 걷기 시작했을 땐 어둠이 그들의 주위로 밀

어둑쳤고 서풍이 나뭇가지 사이로 지나가면서 나뭇잎들을 흔들고 있었다. 길은 완만한 내리막이었지만 그 끝은 어둠 속으로 사라져 보이지 않았다. 어두워져 가는 동쪽 하늘엔 나무들 위로 외롭게 별 하나만 반짝일 뿐이었다. 그들은 어깨를 나란히 하고 발맞춰서 용감하게 걸어갔다.

그들이 밤중에 완만한 내리막을 용감하게 걸어가고 있는 상황은 동일하지만 앞의 글과는 달리 비장한 느낌, 뭔가 곧 위기가 닥쳐올 것 같은 느낌을 주는 글이 되었습니다. 이처럼 배경은 작가가 계산하고 있는 것이 무엇인지 독자에게 알려 주는 역할을 수행합니다.

밝고 화사한 풍경을 묘사하면서 그 배경 속에 있는 인물이 음침하고 어둡게 보이기를 바라는 건 무리입니다. 그것을 대비로 사용해 배경이 밝을수록 더 음침해지는 모습을 부각시키겠다면, 물론 가능한 일이겠습니다만 그럴 때는 더욱 세밀하고 정교한 계산이 필요합니다. 주인공이 울면 배경도 울고, 배경이 웃으면 주인공도 웃게 만드는 것이 더 자연스럽고 필요한 기교라 하겠습니다.

배경에는 중립이 있을 수 없습니다. 무미건조하게 배경을 선택했다고 생각할 수도 있지만, 그렇게 생각하는 배경조차 작가의 의식을 무의식적으로 반영하기 마련입니다.

배경은 작가가 표현하고 싶은 상징으로 작동하기도 합니다. 가와바타 야스나리의《설국》은 이렇게 시작합니다.

국경의 기다란 터널을 빠져나오자 '설국'이었다.

위 문장은 이 세계와 다른 세계(판타지 세계라는 말은 아닙니다)로 우리가 들어왔다는 것을 알려 주고 있습니다. 배경을 상징으로 이용한 거죠. 이처럼 짧은 문장으로 독자에게 강렬한 느낌을 줄 수 있는 비밀은 배경에 있습니다. 배경을 작가의 철저한 계산 아래 묶어 놓았기 때문에 가능한 일이라는 걸 기억하세요.

잘 모르면 반드시 검색하기

자기가 잘 모르는 배경을 사용하는 건 쉽지 않습니다. 재수가 좋으면 그냥 넘어갈 수도 있지만 해당 분야에 정통한 사람들에게 걸리면 망신 당하기 쉽죠. 물론 이 점은 인물이나 사건의 경우에도 마찬가지긴 합니다.

　그런데 배경에서의 실수는 더 치명적일 수 있습니다. 앞의 둘과는 달리 배경은 '객관적인 것'이라는 믿음이 있기 때문입니다. 객관적이라 생각하는 부분에서 잘못된 대목을 찾아내면 글 전체에 대한 몰입도가 사라집니다. 그 글을 믿지 못하게 되는 겁니다.

글은 독자와 작가가 나누는 대화입니다. 그런데 대화하는 상대방이 신뢰가 가지 않는 엉터리 이야기를 하고 있다면 그 사람을 믿을 수 있을까요? 바로 이런 점에서도 배경은 매우 중요합니다. 일반적으로 잘 알려진 이야기라도 조금만 깊이 들어가 주면 그쪽 이야기를 잘 모르는 사람에게나 그쪽 이야기를 잘 아는 사람에게나 모두 신뢰를 얻을 수 있습니다.

그들은 갈림길에서 멀지 않은 곳에서 고목을 발견했다. 나무는 아직 살아 있어서 오래전에 떨어져 나간 큰 가지의 그루터기 근처에는 나뭇잎이 달린 잔가지도 있었다. 그러나 틈새가 크게 벌어져 있고 속도 텅 비어 있어서 그 안으로 들어갈 수가 있었다.

이 글도《반지의 제왕》중 한 대목입니다. 식물에 대해서 잘 모르는 사람은 속이 빈 고목나무를 죽은 것이라 생각하기 쉽습니다. 하지만 오래되어 덩치가 커진 나무는 속부터 썩게 됩니다. 무게가 너무 늘어나면 자신을 지탱하기가 힘들기 때문입니다. 실제로 나무는 껍질 바로 아랫부분을 통해 영양분을 주고받습니다. 톨킨이 날 카로운 관찰력을 가지고 있었음을 증명하는 글입니다.

이처럼 작가에게는 날카로운 관찰력과 필요한 지식을 찾아내는 재주가 필요합니다. 잘 모르는 부분을 쓰게 될 때는 취재를 하거나 잘 아는 사람에게 조언을 구해 보는 것이 좋습니다.

독 자 를
사 로 잡 는
주인공 만들기

| 인물

독자들은
소설 속 인물의 행동과
생각에 매료되어 이야기로
빨려 들어가기
마련입니다.

따라서 인물을 어떻게
빚어내는가는 소설 쓰기에서
가장 중요한 문제라고
할 수 있죠.

이번에는 플롯에 어울리는 인물을 만들어 볼까요?

만일 여러분이 로맨스소설을 구상하고 있다면 남자 주인공은 다음과 같은 특성을 가질 수 있습니다.

돈 많고, 능력이 있으나 차가운 미남

그런데 인물을 정말 저렇게만 설정한다면 읽는 이들에게 좋은 평을 받기 어려운 소설이 됩니다. 출판될 가능성도 전혀 없습니다. 위의 설정은 찰흙 공예로 말한다면 철사 뼈대 정도 만든 겁니다. 포즈도 잡기 전의 모습이죠. 그야말로 전형적인 설정입니다. 이것만으로는 독창성이 없기 때문에 인물로서 실격입니다.

여기에 이 미남만이 갖는 특성들을 부여해 보겠습니다. 하나하나 생각해 나가도록 하죠. 키는? 몸집은? 큰 키에 마른 스타일로 설

정하면 어쩐지 예민한 사람이 생각납니다. 첫인상은 쌀쌀맞은데, 알고 보니 마음이 여리고 부드럽지만 표현을 잘 못해서 오해를 쉽게 사는 사람이라고 해 보죠.

왜 표현을 잘 못하게 되었을까요? 엄격한 성격의 아버지 밑에서 심하게 통제받으며 자라서 감정 표현이 서투르다고 하면 어떨까요? 자기 느낌을 잘 드러내지 못하다 보니 주목받고 싶어 하지 않는 성격이 된 겁니다. 하지만 큰 키 때문에 자리에서 일어나면 한눈에 보여서 늘 어깨를 조금 숙이고 다니는 습관이 붙었고, 발밑을 보면서 걷습니다. 그러면 여자 주인공과 부딪치는 장면을 만들 수 있겠군요! 표현에 서투르다는 설정에 따라 그는 제대로 사과를 하지 못하고, 여자 주인공은 매우 화가 나게 됩니다.

물론 이후의 이야기는 플롯에 따라 진행되겠죠. 남자 주인공의 성격도 아직 보강할 부분이 많습니다. 인물이 특정 상황에서 특정한 행동을 할 때 일관성을 갖는 것이 굉장히 중요한데, 그렇게 하려면 성격의 세부적인 특성까지 염두에 두고 이것을 되도록 따로 표로 만들어 적어 놓는 것이 좋습니다.

만약 성격에 위배되는 일을 했을 때는 충분한 설명이 필요합니다. 소심한 성격 때문에 낯선 곳에서 주눅이 들고 의사를 제대로 표현하지 못하는 사람이 갑자기 과감하게 앞으로 나서서 일장 연설을 할 수는 없죠. 사랑하는 사람을 위해서 죽을힘을 다해 용기를 낸 것이라면 문제가 좀 달라집니다만, 그다음에는 이런 행동을 한 인물의 감정 변화가 잘 묘사되어야 합니다.

설명은 적을수록 좋다

초보 작가들은 설명과 묘사를 구분하지 못하는 경우가 많습니다. 인물에 대해서 설명해 놓고 독자들이 그 인물에게 매력을 느끼게 하려는 건 그야말로 난센스죠.

설명이란 적을수록 좋은 법입니다. 특히나 불필요한 설명은 글에 마이너스 요소가 될 뿐입니다. 가령 잘생긴 캐릭터를 설명한다고,

그는 눈이 튀어나올 정도로 미남이었다.

라고 쓴다면 인물의 매력이 잘 드러나지 않습니다. 최소한 이 정도의 묘사가 있어야 합니다.

그가 지나가자 귀부인들 사이에서 작은 탄식이 흘러나왔다. 모두 그의 얼굴에서 눈길을 뗄 수 없었다.

행동 묘사로
성격 보여 주기

묘사는 독자들의 상상력을 제한하는 것이 아니라 개방합니다. 반대로 설명은 정해진 틀 안에서 사고하기를 강요하죠. 풍부한 묘사는 잠자고 있는 독자들의 감성을 건드려 활성화시킵니다. 독자는 묘사를 따라가며 인물들의 모습을 상상하게 되고 구체적인 형상을 마음속에 만들어 갑니다. 이 모습이 작가가 상상하고 설정했던 모습과 일치한다면 작가의 의도가 100퍼센트 달성된 것이라 하겠습니다. 이 순간 작가도, 독자도 만족스러운 경험을 할 수 있습니다.

　인물의 특성은 무엇보다 행동 묘사를 통해 드러나는 것이 좋습니다. 몸이 허약한 인물을 설정했다면 첫대목에서,

　　민호는 한숨을 내쉬었다. 에스컬레이터 앞에는 고장을 알리는 팻말이 놓여 있다. 벌써부터 다리에 힘이 빠지는 것 같았다. 민호는 가벼운 현기증을 느끼고 계단 옆에 있는 난간을 붙잡았다.

　라고 쓸 수 있겠습니다. 이 묘사로 우리는 민호라는 인물이 허약한 체질이라는 걸 금방 짐작할 수 있습니다. 민호가 처한 상황을 눈

앞에 그려 볼 수도 있죠. 독자가 이렇게 할 수 있다는 것은 그 인물에게 동화되기 쉽다는 이야기입니다. 그만큼 작품 속에 빠져들게 만든다는 뜻이죠. 그러나 만일 같은 대목을,

민호는 에스컬레이터 없이는 계단을 오르지 못할 정도로 허약한 체질이었다.

라고 쓴다면 안 될 건 없겠지만 참 재미없는 문장이 되고 맙니다. 독자들의 상상력도 제한하게 되죠. 물론 중요하지 않은 인물의 특성까지 일일이 묘사할 필요는 없습니다. 전형적인 묘사나 설명으로 간단하게 정의해도 됩니다. 묘사를 매개로 독자들을 주제로 인도하는 것이 중요합니다. 앞서 살펴본 배경에서도 그렇고, 인물에서도 그렇죠. 따라서 비중이 높은 인물일수록 그 묘사 하나하나에는 의미가 부여되어 있게 마련입니다.

행동 묘사를 어떻게 하느냐에 따라 인물의 성격도 달리 보입니다. 어떤 인물이 방 안에 들어와 자리에 앉는 행동을 예로 설명해 보겠습니다.

① 그는 곧장 침대에 가 걸터앉았다. 머리를 쥐어뜯듯이 붙잡고는 오늘 일이 왜 그렇게 된 것인지 생각했다.

② 그는 옷을 홀홀 벗어 던지고 욕실로 향했다. 뜨거운 물을 뒤집어쓰면 오늘 일을 차분하게 되돌아볼 수 있을 것 같았다.

③ 그는 옷도 갈아입지 않고 침대 속으로 들어갔다. 일단 한숨 자고 나면 오늘 일에 대해 다시 생각해 볼 수 있을 것이다.

① 번 인물은 고민이 많은 성격입니다. 일을 맺고 끊는 데 서투를 것 같다고 짐작할 수 있습니다.

② 번 인물은 행동과 결정이 빠른 사람으로 보입니다. 거침없는 성격의 소유자겠군요.

③ 번 인물은 일을 미루는 성격입니다. 귀찮은 것은 질색인데다가 게을러 보이기까지 합니다.

이런 행동 묘사를 바탕으로 짐작할 수 있는 성격과 글에 나타나고 있는 다른 행동 또는 설명이 모순을 일으켜서는 안 됩니다. 작가가 인물에 대해서 생각할 때는 애정을 가지고 그 인물 자체가 되어 봐야 합니다. 그러면 어떻게 말할 것인가, 그러면 어떻게 행동할 것인가를 상상해 봐야 하죠.

평소에 사람들을 잘 관찰할 필요가 있습니다. 성격에 대한 공부도 좋습니다. 다만 혈액형과 별자리에 따른 성격, 관상이나 손금 같은 건 별 도움이 되지 않습니다. 유사 과학에서 이야기하는 성격에는 매우 모호하고 모순된 요소들이 섞여 있기 때문입니다. 알아 둘

만은 하죠. 그런 것을 믿는 사람들이 많으니 선입관과 관련된 행동 묘사에 참고할 수 있습니다. 그러나 이 경우에도 책자를 통째로 인용해서 설명하려고 하면 안 된다는 점을 잊지 마세요.

이보다 더 직접적으로 성격을 드러내는 것은 대화입니다. 말이야말로 그 사람이 어떤 사람인지 확실하게 보여 주죠. 겉모습은 그럴듯한데 입을 열면 진짜 모습이 폭로되는 사람들이 실제 사회에 적지 않듯이, 소설의 세계에서도 대화는 인물의 성격을 드러내는 가장 좋은 방법으로 사용됩니다.

이름을 지을 때 고려할
두 가지

인물을 나타내는 또 다른 방법은 이름입니다. 인물의 이름을 정하는 건 작가들이 머리를 쥐어뜯게 만드는 일 중 하나죠. 물론 이름에 꼭 의미가 있어야 하는 건 아닙니다. 소설의 내용과 연관된 이름을 지을 수도 있고 그냥 발음이 마음에 들어서 지을 수도 있습니다. 단, 반드시 주의해야 하는 원칙이 있습니다.

특정한 관계가 아니라면 비슷한 이름을 사용하지 마세요. 민철, 민호, 민수, 영호, 철호, 철민, 철수 등이 주요 인물로 나오면 독자가 인물들을 혼동하기 쉽습니다. 이들이 형제 관계가 아니라면 굳이 이렇게 이름을 지을 필요가 없습니다.

이름이 노골적으로 인물의 성격을 보여 주는 경우도 일종의 설명이 되기 때문에 피하는 것이 원칙이었습니다. 말하자면 "미남이는 이름대로 미남이었다"라는 식의 설명은 작가가 굉장히 무성의하게 이름을 지었다는 인상을 주기 마련입니다. 하지만 요즘 드라마나 웹소설에서는 이렇게 해서 독자들에게 빨리 캐릭터의 성격을 전달하는 방법도 쓰곤 합니다. 웹소설《전지적 독자 시점》의 주인공 이름이 '김독자'인 것과 같은 경우죠.

이런 이름을 사용할 때는 이름에 복선을 만들어 주는 것이 좋습니다. '미남'의 한자가 전혀 다른 것이라든가, 아버지가 못생겨서 아들은 잘생기라고 이름을 미남이라고 지었다든가 하는 이유를 붙여주는 겁니다.

간결할수록
재미있다

| 대화

11

소설이란 대화문과
지문으로 이루어진
것입니다.

그래서 저는 대화에 관해
별 이야기를 하지 않는 소설 작법서를
보면 늘 의아합니다.
이처럼 중요한 이야기를
왜 하지 않는 걸까요?

대화는 인물의 성격을 나타내는 데 사용됩니다. 독자는 대화를 통해 생생한 정보를 얻게 되죠. 인물이 사투리를 사용하게 해서 그의 지역적 배경을 보여 주거나 유식한 말들을 늘어놓게 해서 그의 학력을 드러낼 수 있습니다. 까칠한 성격, 무모한 성격, 남을 배려하는 성격 등을 모두 대화로 표현할 수 있죠. 따로 인물의 성격을 묘사하지 않아도 될 정도입니다.

대화는 사건과 배경도 설명합니다. 어떤 사건을 설명할 때 그것을 지문으로 길게 쓰면 글 전체가 지루해지고 맙니다. 하지만 대화로 간추리게 되면 불필요한 이야기들을 줄이고, 핵심적인 부분을 독자에게 쉽게 전달할 수 있습니다.

대화로 작가의 말을 대신해도 됩니다. 자칫하면 설교가 될 수 있는 글도 대화로 바꾸면 인물의 생각처럼 보이죠. 이렇게 했을 때 독자가 거부감을 느끼지 않게 주제 의식을 이야기할 수 있습니다.

이 세 가지 기능은 글을 '잘 썼을 때' 효과를 보입니다. 잘 쓰려면 초보 작가들이 흔히 저지르는 실수를 피해 가야 하죠.

누가 말하고 있는지
알 수 있게 쓴다

굉장히 중요하지만 잘 처리하지 못하는 부분은, 전후 상황상 누가 말하고 있는지 알 수 있도록 명확하게 쓰는 것입니다.

방 안에 여러 사람이 있는데, "어머! 누가 방귀 뀌었어!"라는 말이 나왔다고 해 봅시다. 짧은 말이지만 어투로 미루어 말한 사람이 여자라는 사실을 알 수 있습니다. 만일 이 대화문이 나오기 전에 방에 여자는 한 명밖에 없다는 설정을 이야기해 놓았다면 누가 말했는지 명시하지 않아도 괜찮습니다. 하지만 여자가 두 명 있었다면 문제가 다르죠. 방에는 남녀 친구들이 있었다고 해 두고 아래 예문을 한번 읽어 봅시다.

① "어머! 누가 방귀 뀌었어!"
철수가 말했다.
"전등 나갔다고 감히 우리 영희 있는 데서 방귀를 뀐 거냐?"

② 갑자기 정전이 되어서 한 치 앞이 보이지 않았다. 그때 누
군가가 눈썹을 찌푸리며 외마디 비명처럼 큰 소리를 냈다.
"어머! 누가 방귀 뀌었어!"
"전등 나갔다고 감히 우리 애인 있는 데서 방귀를 뀐 거
냐?"

①번 글은 대화를 통해 간략하고 깔끔하게 상황을 설명했습니
다. 저 대화문을 읽은 독자는 현재 정전이 된 상황이고, 철수와 영
희가 애인 사이임을 짐작할 수 있습니다. "어머!"라는 말을 누가 했
는지 적지 않았지만 앞뒤 상황을 보면 영희가 한 말이 분명합니다.
만약 영희가 한 말이 아니라면 누가 그 말을 했는지 써야 하죠.

그러나 ②번 글에서는 누가 이야기를 하고 있는 건지 전혀 알 수
가 없습니다. 정전된 방에는 친구들이 있었다고 했으니 그 방에 있
는 사람들은 비명을 지른 사람이 누군지 알 수 있지만 독자는 알 수
없죠. 이런 식으로 이야기를 풀어 가는 것은 좋지 않습니다.

더욱 좋지 않은 것은 ②번 글의 묘사입니다. 먼저 강조점 부분을
보죠. 한 치 앞이 보이지 않는 상황이므로 눈썹을 찌푸렸는지 어쨌
는지 알 수가 없습니다. 인물들이 모르는 것을 독자에게 알려 주는

셈입니다.

그리고 밑줄 친 부분을 볼까요? 비명은 기본적으로 큰 소리를 의미합니다. 비명 소리를 작게 낸 게 아니라면 굳이 '큰 소리를 냈다'고 쓸 필요가 없습니다. '외마디 비명을 질렀다' 정도가 낫겠죠.

하지만 ①번처럼 간단명료하게 상황을 전달할 수 있다면 ②번처럼 쓸 이유가 있을까요? ②번 글은 소설을 재미없게 만드는 일등공신이라 하겠습니다.

한번 나온 정보는 다시 쓰지 않는다

대화는 사실적으로 묘사해야 하지만 진짜 사실을 있는 그대로 옮겨써서는 곤란합니다. 필요 없는 내용들은 생략하는 것이 좋습니다.

"학교 다녀왔습니다."
"수고했다. 내 새끼."
"엄마, 오늘 학교에서 있잖아."
"무슨 일이 있었니?"
"민호가 넘어져서 팔이 부러졌어."

"어머나! 어쩌다가 그랬니?"

"점심시간에 계단을 내려가다가."

"얌전히 내려가지 않았구나?"

"걔는 늘 두세 계단을 뛰어서 내려가."

"넌 안 그러겠지?"

"내가 바보야?"

매우 사실적인 대화를 나누고 있는 모자간임을 알 수 있습니다. 그러나 길이에 비해서 별로 유용한 정보를 주고 있지는 않습니다. 이 정도로 줄이는 것이 좋습니다.

영수는 집에 오자마자 엄마를 붙잡고 말했다.

"점심시간에 민호가 계단을 뛰어서 내려가다가 팔이 부러졌어! 걔가 그럴 줄 알았다니깐."

"넌 안 그러겠지?"

"내가 바보야?"

훨씬 간단하게 정보가 전달되었죠. 그런데 민호가 계단에서 넘어져 팔이 부러진 사건이 이미 앞에서 상세히 묘사된 적이 있었다면 어떨까요? 이런 경우는 설명조의 대화문이 없어도 됩니다. 아래

처럼 간략하게 쓰는 것이 더 좋습니다.

영수는 집에 오자마자 민호가 다친 이야기를 엄마에게 했다. 이야기를 다 들은 엄마가 물었다.
"넌 안 그러겠지?"
"내가 바보야?"

독자가 알고 있는 상황을 다시 설명하는 것만큼 지루한 일은 없습니다. 그런 글이 있다면, 거기에는 그 이상의 의미가 있다고 봐야 합니다.

한 가지 더 이야기하자면, "넌 안 그러겠지?"와 "내가 바보야?" 사이에 이런 말을 넣는 사람들이 있습니다.

영수가 퉁명스럽게 되물었다.

앞에서 들었던 예문, "어머! 누가 방귀 뀌었어!"와 "전등 나갔다고 감히 우리 애인 있는 데서 방귀를 뀐 거냐?"의 사이에도 이런 말을 넣는 사람들이 있습니다.

분노한 철수가 붉으락푸르락해진 얼굴로 외쳤다.

대화문에서 퉁명스러운 것과 분노했다는 것을 알 수 있으므로 위와 같은 설명은 불필요한 중복일 뿐입니다. 대화 안에서 대화하는 사람의 감정이 충분히 드러나도록 글을 쓰는 게 중요합니다. 대화에 일일이 지문을 붙이는 건 글을 따분하게 만들고, 독자의 상상력을 제한하는 좋지 않은 방법입니다. 아래 두 예문을 비교해 보세요.

　① 엄마가 눈살을 찌푸리며 말했다.

　"넌 안 그러겠지?"

　영수가 입을 비죽거리며 핀잔했다.

　"내가 바보야?"

　엄마는 그 말에 기분이 상한 듯 신경질적으로 말했다.

　"엄마한테 그게 무슨 말버릇이야? 넌 오늘 컴퓨터 금지야!"

　영수는 몸서리치며 말했다.

　"엄마는 독재자야!"

　② "넌 안 그러겠지?"

　"내가 바보야?"

　"엄마한테 그게 무슨 말버릇이야? 넌 오늘 컴퓨터 금지야!"

　"엄마는 독재자야!"

①번은 대화를 한 번씩 더 설명해 주고 있는 글에 불과합니다.

의성어, 물음표, 말줄임표를
넣기 전에

최근 많은 소설에서 별 고민 없이 대화문 안에 의성어를 집어넣거나, 말줄임표를 남발하는 경향이 있습니다. 이 세 가지는 매우 조심스럽게 써야 합니다.

"<u>으드득</u>! 어디 내가 가만두나 보자!"

누구도 실제로 '으드득' '빠직' '빠드득' 같은 의성어를 말로 하지 않습니다. 사람의 소리를 흉내 낸 말은 상황을 설명하는 지문에 속하는 것이지, 대화문에 들어오는 것이 결코 아닙니다. 따라서 위 문장은 이렇게 쓰는 게 맞습니다.

민호는 이를 갈며 말했다.
"어디 내가 가만두나 보자!"

이런 경우도 한번 볼까요.

　　"정말 갈 거야?"
　　"어딜?"
　　"영수네 말이야."
　　"아, 홋, 아니."
　　"?"
　　"어차피 나는 못 이겨. 힘도 없고 싸울 줄도 모르는 멍청이니
　까."
　　"…."

　"아, 홋, 아니." 실제로 이렇게 말하는 사람이 있을까요? 소리 내
어 읽어 보세요. 얼마나 비현실적으로 들리는지. 이런 대화는 묘사
로 나타내는 것이 차라리 낫습니다.

　　민호는 그제야 무슨 말인지 이해한 듯, "아" 하고 말하더니 곧
　　홋, 하고 웃어버렸다.
　　"아니."

　"?" 이것은 어떻게 읽어야 할까요? 만일 오디오 북이라도 만든다

고 하면 성우가 어떻게 읽을 수 있을까요? "따옴표 물음표 따옴표"라고 읽을 수는 없겠죠? 정말 말을 하지 않았다면 이렇게 써야 합니다.

동재는 영문을 모르겠다는 얼굴로 민호를 바라봤다.

따옴표 안에 말줄임표로만 나타난 부분도 마찬가지입니다. 아래와 같이 쓰는 것이 좋습니다.

민호의 말에 동재는 말문이 막혔다.

말줄임표는 작가의 편의를 위해 사용되는 경우가 많습니다.

"…미안해."

위와 같은 문장은 말하는 사람이 머뭇거리다가 이야기를 했다는 것을 표현하려고 사용한 방법이지만 사실 그 머뭇거리는 모습을 잘 묘사해 내기 어려워서 택한 쉬운 방법이기도 합니다. 대화의 리듬을 이어 나가기 위해 어쩔 수 없이 지문 대신 사용해야 할 경우도 있겠지만, 그럴 때 한 번 더 생각해 보기를 바랍니다. 말줄임표는 되도록 말을 줄인 경우에만 써 보세요.

"그… 그것은… 쉬운 일이…."

위 문장을 이렇게 쓰는 것이죠.

"그, 그것은, 쉬운 일이…."

"쉬운 일이" 다음에 "아닙니다"가 생략되었기 때문에 맨 뒤에는 말줄임표를 넣을 수 있습니다. 하지만 앞의 말줄임표는 말을 더듬고 있거나 다음 말이 나오는 데 시간이 걸렸다는 의미입니다. 그런 뜻에 적합한 것은 말줄임표보다 '쉼표'입니다. 말줄임표를 '말없음표'로 사용하는 경우는 정말 오랜 침묵을 의미할 때입니다. 세심하게 구분해서 써야 합니다.

최근 웹소설에서는 지문 속에 의성어 넣기, 따옴표 안에 문장 기호만 넣기 등이 자주 사용되고 있습니다. "으드득!" 같은 식으로 쓰면 "이를 갈며 말했다"를 확 줄여서 표현할 수 있기 때문입니다. 좀 더 효율적으로 전달하기 위해 리얼리티를 줄이는 셈입니다. 이를 어색해하지 않는 독자가 많지만, 웹소설이 아닌 소설을 쓸 때는 되도록 피하는 것이 좋습니다.

물론 소설은 소통을 위한 것이기 때문에 문장 구성도 자신의 독자에게 맞게 하는 것이 중요합니다. 독자에게 익숙함을 주면서 작가가 창조한 또 다른 세계로 데려갈 수 있다면 이런 원칙은 경우에 따라 무시해도 됩니다. 그러나 당연히 기본은 알고 있어야 하겠죠.

누가 본 것처럼 이야기할까?

시점

소설이란 어떤 이야기를
풀어 나가는 형식을
취하고 있습니다.

어떤 이야기를
누가 하는지
가리키는 것이
'시점'입니다.

시점은 '나'일 수도 있고 '그'나 '그녀'가 될 수도 있습니다. 내가 본 것처럼 풀어 나가는 1인칭 시점부터 이야기해 보도록 하죠.

추리소설에 많이 나오는 1인칭 시점

1인칭 시점에도 두 가지 방식이 있습니다. 목격자로서의 1인칭 시점(1인칭 관찰자 시점), 그리고 주인공으로서의 1인칭 시점(1인칭 주인공 시점)입니다. 두 시점은 무엇이 다를까요? 한쪽은 주인공이 아닌 점이 다르다고요? 이에 대해서는 여러 가지 이야기를 할 수 있지만, 지금은 시점에만 한정 지어서 살펴보겠습니다.

1인칭 관찰자 시점과 1인칭 주인공 시점의 가장 큰 차이는 1인칭 관찰자 시점이 더 넓은 시야를 가진다는 점입니다. 주인공이 알지 못하는 일들도 관찰자는 아주 쉽게 알 수 있습니다.

장자는 끝내 수추의 목을 자르라고 명했다. 수추의 목이 잘려 저자의 장대 위에 드높이 효수되었다. 장대 위에 얹힌 얼굴은 이 세상에서 아무도 만나 보지 못했던 행복한 자의 얼굴이었다. 사람들은 더욱더 수추가 남긴 노래들을 불렀다.
장자는 드디어 수추에 대한 기억의 잔재를 모두 없애버리라고 명했다.
다리는 허물어지고, 오동나무의 밑동은 뽑혀지고, 나는 강 건너로 쫓겨나게 되었다. 그러나 장터 사람들의 소문에 의하면 수추의 노래는 여전히 불려지고 있으니 그가 죽었다는 것은 새빨간 거짓말이라는 얘기였다.

이 글은 황석영이 쓴 단편소설 〈가객〉의 일부로, 주인공은 노래를 잘 부르는 수추입니다. 1인칭 관찰자 시점을 가지고 있는 '나'는 문둥이 깨꾸쇠고요. 관찰자인 깨꾸쇠는 수추가 죽은 뒤의 이야기까지 해 주고 있습니다. 작가로서는 편하게 글을 쓸 수 있죠.
이 시점이 주는 유리한 점을 잘 활용하는 장르가 추리소설입니다. 비범한 천재 탐정과 동행하는 관찰자는 독자와 같은 눈높이에서 탐정의 행동을 설명합니다. 독자들은 관찰자를 따라 탐정의 행동을 보며 단서를 찾아가게 됩니다.

습작 시절에 제일 많이 손대 보는 시점은 1인칭 주인공 시점일 겁니다. 자기 이야기라고 생각하고 써내려가면 쉽게 글을 쓸 수 있을 것 같아서입니다. 하지만 1인칭 주인공 시점이라고 해서 작가 자신이 글 속에 나타나면 곤란합니다. 작가는 작품에 있어서 모든 사실을 알고 있는 신神입니다. 인간인 1인칭 주인공 시점을 취하면서 신이 되어버리면 안 되겠죠.

그래서 1인칭 주인공 시점에서는 주인공의 성격 설정이 매우 중요합니다. 주인공이 편협한 성격을 가지고 있다면, 그가 받아들이는 세계와 사물의 묘사에도 그 편협함이 반영되어 있어야 합니다. 또한 이런 편협함을 통해 작가가 이야기하려는 주제까지 표현해내야 하기 때문에, 사실 1인칭 주인공 시점으로 글을 쓰는 것은 결코 만만하다고 할 수 없습니다.

1인칭 시점에서 흔히 저지르는 실수들에 대해서도 살펴보겠습니다.

이 시점에서 생각을 작은따옴표로 처리하는 것은 어색합니다. 자기 생각을 따로 빼내서 표시하는 건 아무래도 부자연스럽죠. 또한 화자가 '나'라는 사실을 독자가 알게 되었다면 그다음부터는 '나'를 자주 밝힐 필요가 없습니다. 영어는 주어가 생략되면 안 되지만 우리말은 지장이 없습니다.

화자의 나이는 정확히 알려 주는 것이 좋습니다. 화자가 노인이라면 만난 사람에게 반말을 하기 쉽겠죠. 그런데 젊지만 시건방진 성격이라서 아무에게나 반말을 하는 경우도 있습니다. 정보가 없다면 둘 중 어느 쪽인지 알 수가 없습니다. 글을 읽는 사람은 소설에 나오는 인물에 대해 상상을 하게 마련입니다. 처음에 노인으로 상상했다가 나중에 젊은 사람임을 알게 하는 건 공연히 독자를 괴롭히는 겁니다.

1인칭 시점으로 어린이를 선택하는 것은 습작하기에 좋지 않습니다. 어린이는 사용할 수 있는 어휘에 제약이 있고, 사물과 사건을 이해하는 데도 한계가 있습니다. 이런 한계를 뛰어넘어버리면 1인칭 시점이 아니게 됩니다.

세심한 기교가 필요한
2인칭 시점

실험적으로 2인칭 시점이 시도될 때가 있습니다. 사실 2인칭 시점이란 결국 1인칭 시점이라는 주장도 있습니다. 무슨 말이냐고요? 먼저 예문을 보죠.

그 여자를 처음 만난 것은 네가 여섯 살 때다. 그때 너는 사흘째 다락에 웅크리고 있었다. 너를 거기 집어넣은 것은 네 어머니였으리라. 깊은 밤, 어머니는 너를 흔들어 깨우고, 칭얼대는 너를 덥석 안아다가 다락에 밀어 넣은 뒤 말했으리라.

여러 장르의 소설을 쓴 진산은 무협소설 〈잠자는 꽃〉에서 2인칭인 '너'를 이야기의 중심에 뒀습니다. 하지만 글을 읽어 보면 누군가가 '너'에게 해 주고 있는 이야기라는 걸 알 수 있죠. 1인칭이 2인칭에게 이야기하듯이 만든 것입니다. 따라서 화자는 다른 사람의 생각을 알아낼 수 없습니다. 그야말로 극단적인 1인칭 관찰자 시점이라고 하겠습니다. 이 특수한 시점의 글은 매우 세심한 기교가 필요합니다.

작가가 관찰자에 머무르는
3인칭 시점

3인칭 시점과 전지적 시점을 구분하지 못하는 경우가 가끔 있습니다. 사실 소설을 쓰는 입장이 아니라면 굳이 구분할 필요가 없을지도 모릅니다. 그러나 소설을 쓸 때는 두 가지를 반드시 구분할 줄

알아야 합니다.

3인칭 시점은 등장인물 중 한 사람의 시점으로 이야기합니다. 원칙적으로는 다른 사람의 마음을 알 수 없지만 이야기를 전개하는 데 필요하면 내면을 보여 주기도 합니다. 전지적 작가 시점은 아예 처음부터 사람들 마음속까지 들여다보는 시점이죠.

객관적 3인칭 시점(극적 제시)

3인칭 시점에도 여러 가지가 있습니다. 먼저 '객관적 3인칭 시점'에 대해 이야기하자면, 이 시점은 등장인물들의 내면 묘사를 하지 않는다는 특징이 있습니다. 속마음을 드러내지 않은 채 인물 중 한 명의 시점으로 쓰기도 하고 특별한 인물 선정 없이 다각도로 이야기를 풀어 나가기도 하죠. 마치 우리가 영화를 보는 것과 같습니다.

영화 속 배우의 마음은 알 길이 없습니다. 별도의 내레이션(서술)이 없는 한, 우리는 배우의 행동을 보면서 그가 담배를 거푸 피면, 고뇌에 차 있다고 생각하고 그의 눈시울이 젖어 들면, 슬픔에 빠졌다고 추측할 뿐입니다.

이처럼 주인공의 행동을 통해서만 이야기를 전개하는 이 시점은 장편소설에 쓰기에는 쉽지 않은 방식이고 단편소설에서는 충분히 소화 가능합니다. 희곡적 양식이라고도 부를 수 있겠습니다.

민호는 영수가 지나가는 것을 봤다. 영수는 초록색 체크무늬 잠바에 청바지를 입고 있었다. 민호는 마치 영수를 미행하듯 열댓 걸음 뒤에서 조용히 따라가기 시작했다. 영수가 시장으로 들어가자 민호는 멈춰 서서 영수가 다시 나올 때까지 우두커니 서 있었다.

이렇게 쓰면 등장인물의 시점에서 살펴보는 객관적 3인칭 시점이 됩니다.

3인칭 선택적 전지

3인칭 시점이라고 해도 누군가의 내면을 보여 주면서 이야기를 전개하는 방식이 훨씬 보편적입니다.

낭패다. 구라지는 입술을 깨물었다. 빠져나갈 곳이 없다. 너무 서두른 것이 실수였다. 산을 따라 길을 잡았어야 했다. 본진의 뒤편으로 적군이 포진하고 있을 줄은 몰랐다.

위 예문에서 세 번째 문장, "빠져나갈 곳이 없다"부터는 구라지의 생각입니다. 이처럼 3인칭 소설이지만 한 사람의 내면을 파고 들어가는 시점을 '3인칭 선택적 전지'라고 부릅니다. 단편소설에서 아주 흔히 사용되는 시점인데, 이때 주의할 것은 시점이 오락가락해서는 안 된다는 점입니다. 이 사람, 저 사람의 시점을 혼란스럽게 드나들게 되면 독자의 집중도가 떨어지게 됩니다.

3인칭 복수 선택적 전지

3인칭 시점에서 여러 사람의 내면을 드나들며 서술하는 경우도 있긴 합니다. '3인칭 복수 선택적 전지'라고 부르죠. 장편소설에서 흔히 쓰는 방법입니다. 이 경우, 문단마다 시점이 바뀌어서는 안 되며 대체로 글의 진행 순서에 따라 주요 인물의 내면을 묘사함으로써 독자의 이해를 도와야 합니다.

> 분이는 그 눈 안으로 빨려 들어가는 느낌을 받았다. 그렇게 총명해 보이고 맑은 눈은 처음이었다. 그 흑단 같은 까만 눈동자 안에 자기 모습이 보였다. 볼이 발그레 물들어 가는.
> 소년도 소녀의 눈 속에 빨려 들어갔다. 우물가에서 들려온 웃음소리에 무심히 바라본 곳, 천녀 같은 소녀가 있었다. 그 소녀가 달려왔다. 그리고 어느새 소녀의 눈 속에 자신이 앉아 있었다.

위 예문은 분이라는 소녀의 시점에서 소년의 시점으로 옮겨 가는 모습을 보여 줍니다. 이런 기법은 소설을 복잡하게 만들고, 자칫 잘못하면 독자에게 혼란을 줄 수 있습니다. 하지만 잘 사용하면 소설의 구조를 탄탄하게 하고, 극적 긴장도를 한껏 높일 수 있죠.

작가가 모든 것을 이야기하는
전지적 시점

작가가 지닌 권능을 가장 잘 보여 주는 시점이 바로 '전지적 시점'이라 하겠습니다. 이 시점도 세분화할 수 있습니다. 서술자가 작가 자신인 경우와, 서술자가 등장하지 않는 경우입니다.

1인칭 관찰자 시점도 결국은 서술자가 작가 아니냐는 생각을 할 수 있는데, 이와는 전혀 다릅니다. 1인칭 관찰자 뒤에 작가가 있는 것은 사실이지만 관찰자에게는 이미 작가가 부여한 성격이 있습니다. 작가는 그 성격의 틀 안에서 움직일 뿐입니다.

백제 시대의 인물을 1인칭 관찰자로 잡아서 역사소설을 쓴다고 생각해 보죠. 그가 작가의 분신이라 해도, 그의 입을 통해서 현대의 가치관인 자유와 평등을 이야기할 수는 없습니다. 그 시대에는 그런 개념이 없었으니까요.

전지적 시점에서는 작가가 인물로 등장하지 않은 채, 서술자로서 작품 속에 개입할 수 있습니다. 극단적으로는 백제 시대의 인물이 자유와 평등이라는 개념을 왜 깨닫지 못하는가에 대해서도 말할 수 있죠. 이 시점을 택한 경우 작가는 독자를 상대로 설교하려는 경향이 강해집니다.

절대적 서술자의 자격을 인정하지 않는 사람들은 작가가 직접 등장해 독자를 상대로 자신의 견해를 말하는 방식은 매우 촌스럽고, 작품의 몰입을 방해한다고 지적합니다. 작가가 선생님이어서는 안 된다는 겁니다.

물론 이런 직접적인 개입은 오늘날의 소설에서 거의 사용되지 않습니다. 작가가 등장해 시공간이 다른 이야기를 늘어놓게 되면, 독자 입장에서는 글에 대한 흥미가 떨어집니다. 궁금증을 가질 새도 없이 의문이 풀려버리기 때문입니다. 가령 파리에 사는 한 여자가 여행을 떠난 애인을 그리워한다는 이야기를 한참 쓴 뒤에, "한편 스페인의 마드리드에 있는 그녀의 애인은 무슨 일을 하고 있었는지 살펴보자"라는 식으로 글을 쓰면 극적 긴장도가 뚝 떨어질 수밖에 없습니다.

모든 인물의 내면을 살펴보고 묘사하지만 서술자는 존재하지 않는 '중립적 전지 시점'도 작품의 긴장도를 해치기는 마찬가지입니다. 독자들은 오해와 갈등이 어디에서 비롯되었는지 아주 확실히 알게 되고, 따라서 편안하게 글을 읽기 마련입니다. 그만큼 극적인 부분이 사라지죠. 객관적 3인칭 시점에서 들었던 예문을 전지적 시점으로 다시 써 보겠습니다.

민호는 영수가 지나가는 것을 봤다. 영수는 초록색 체크무늬 잠바에 청바지를 입고 있었다. 민호의 심장은 멈춰버릴 것 같았다. 영수가 입고 있는 잠바는 자기 것이었기 때문이다. 민호는 도저히 참을 수 없어서 홀린 듯이 영수의 뒤를 밟았다. 영수는 민호가 몰래 쫓아오는 것을 알고 그의 용기 없음을 비웃었다. 영수가 시장으로 들어가자 민호는 가슴이 두근거려 더 따라갈 수가 없었다. 민호는 제자리에 서서 영수가 자기의 짝사랑인 소희에게 가는 것만은 아니길 빌었다.

이렇게 쓰면 앞서와 달리 이 인물들이 왜 이렇게 행동하는지, 그 결과는 무엇일지에 대한 궁금증이나 긴장감이 많이 줄어들게 됩니다.

시점의 일관성 지키기

3인칭 시점이든, 전지적 작가 시점이든 한 장면에서 두 사람의 내면을 묘사하게 되면 독자는 작가가 개입하고 있다는 사실을 깨닫고 몰입했던 소설에서 빠져나오게 됩니다. 시점을 혼란스럽게 사용하는 것은 작가가 중심을 잡지 못하고 있다는 고백과 같죠. 이야기를 가장 잘 전달할 수 있는 시점을 신중히 결정하고, 결정한 뒤에는 스스로 어기지 말고 일관성 있게 글을 쓰세요. 독자는 작가가 정해 준 시선을 따라올 수밖에 없으니까요.

시점은 영화로 말한다면 카메라 워킹인 셈입니다. 영화를 볼 때 우리가 스크린에 보이는 영상을 따라가는 것처럼, 소설 속에도 카메라가 있다고 생각하면 이해하기 쉬울 겁니다.

시점을 바꾸는 경우

웹소설에서 종종 볼 수 있는 시점 변경 기법이 있습니다. 1인칭 시점으로 이야기를 하다가 전지적 시점으로 바꾸는 겁니다. 1인칭 시점은 '내'가 본 것만을 소설에 표현할 수 있으므로, 주인공인 '내'가 갈 수 없는 장소에서 벌어지는 일을 설명할 경우에 시점의 일관성을 버리고 3인칭 시점으로 씁니다.

이 기법은 오늘날 웹소설에서 독자의 소설 감상을 돕기 위해 사용합니다. 1인칭 시점으로 쓰다 보면 독자가 모르는 사건이 나중에 등장하기 마련인데, 이런 전개를 혼란스럽거나 어렵게 느끼는 것을 방지하기 위한 장치인 셈입니다.

이렇게 주로 1인칭이지만 때에 따라 3인칭이 혼재하는 시점을 저는 '독자 편의적 시점'이라고 부를 수 있지 않을까 생각해 보곤 합니다.

정확한 문장이 주는 감동

문체

13

'문체'라는 말은 대개
학교에서 처음 듣습니다.
화려체니, 건조체니,
만연체니 하는 것들을
문체라 배우죠.

그렇기 때문에
우리말에서 문체는
그 의미가 축소되고,
단순히 암기할 대상으로
여겨집니다.

이 문체라는 용어는 영어로 이야기하면 느낌이 확 달라집니다. 영어로 문체를 뭐라고 할까요? '스타일style'이라고 부릅니다.

우리는 어떤 작품을 읽고 흔히 이런 대화를 합니다.

"이번 작품은 영 그 작가의 스타일이 아니었어."

이 말을 곧이곧대로 바꿔 볼까요?

"이번 작품은 영 그 작가의 문체가 아니었어."

느낌이 확 달라져버리죠? 우리가 문체라는 것을 간결체, 우유체 등으로만 생각하기 때문입니다. 그럼 스타일이란 무엇일까요?

이 말은 사람한테도 흔히 쓰죠. 이런 식으로요.

"현이는 스타일이 참 좋아."

스타일이란 그 사람의 개성을 가리키는 말입니다. 작가의 문체란 그 작가의 개성이라고 할 수 있겠죠. 우리가 사람의 외양을 보고 어떠어떠한 스타일이라고 말하는 것처럼, 글에서는 그 글의 드러난 모양, 즉 문장을 보고 문체가 이러저러하다고 이야기합니다.

18세기 프랑스의 박물학자였던 뷔퐁은 〈문체론〉에서 "문체는 인간 그 자체다"라고 말하기도 했습니다. 독일의 철학자 쇼펜하우어는 "문체란 마음의 얼굴"이라고 정의했고요. 이제 문체가 뭔지 감이 좀 오는지요?

소설의 문체는 작품에 따라 변한다

문체를 이루는 문장에는 글쓴이의 사고방식이 스며 있습니다. 성급한지, 꼼꼼한지, 고집이 있는지, 호탕한지, 꽁한지 문장을 보면 대강 짐작을 할 수 있습니다. 문장이 작가의 문체를 보여 준다는 데는 이론의 여지가 없죠. 하지만 소설의 문장이라면 의미가 좀 달라집니다.

우리나라에서는 소설이라 하면 장편소설과 단편소설을 모두 포함해버립니다. 따라서 소설가라면 당연히 단편소설도 쓰고, 장편소설도 쓰는 사람으로 생각합니다. 하지만 영미권의 경우 단편소설은 'short story', 장편소설은 'novel'이라 해서 완전히 구분하고 있습니다. 단편소설은 짧은 대신 밀도가 높게 쓰여야 하고, 장편소설은 그 반대죠. 장편소설이 밀도가 높으면 읽기가 힘들고 어려워지기 때문입니다. 단편소설이 다디단 케이크라면 장편소설은 담백한 바게트 같은 것이라 할 수 있습니다.

다만 장편이라 해도 연재소설은 좀 다릅니다. 옛날에 신문 연재소설이 있었다면 지금은 웹소설이라 하겠습니다. 둘 다 한 편, 한 편의 밀도가 아주 높아야 한다는 점에서 동일합니다. 밀도가 높다는 말은 한 편 속에 기승전결이 확실한 스토리가 들어가야 한다는 뜻입니다. 이를 위해서 웹소설의 문체는 짧고 행동을 주로 묘사합니다. 배경 묘사나 풍경을 설명하는 문장은 극히 한정되게 마련입니다. 웹소설이 책으로 바로 나오는 장편소설과 전혀 다른 문체를 가지는 것은 당연한 일이죠.

이런 점은 신문 연재소설도 크게 다르지 않았습니다. 현재 웹소설은 대개 5000자 정도를 한 편으로 쓰는데, 신문 연재소설은 1500자 정도였습니다. 신문 연재소설의 밀도는 웹소설보다 더 높아야 했죠. 그러다 보니까 신문 연재소설을 나중에 책으로 출판할 때는 그대로 낼 수 없는 경우도 많았습니다.

문체는 단편소설과 장편소설로만 갈라지지 않습니다. 그 소설의 성격에 따라서도 변화합니다. 일반 소설에 쓰는 문체를 가지고 동화를 쓸 수는 없습니다. 역사소설을 쓰는데 재기 발랄한 칙릿chic-lit소설(젊은 여성의 삶과 취향을 주제로 한 소설) 같은 문체를 사용하는 건 곤란하겠죠.

작가 지망생들 중에는 자기만의 문체를 찾아서 고민하는 경우가 많습니다. 특별히 다르고 자기만이 쓸 수 있는 그런 문체를 갖고 싶어 하는 경우를 종종 봅니다. 사실 많은 경우 문체와 문장을 혼동하고 있어서죠.

어휘와 수사법(문장과 어휘를 꾸미는 방법), 문장의 구조, 문장의 표현 방식에 따라 결정되는 것이 문체입니다. 역사소설과 SF는 선택하는 어휘가 완전히 다르죠. 로맨스소설과 호러소설은 수사법이 완전히 다를 수밖에 없습니다. 긴박한 묘사가 중요한 작품과 의식의 흐름을 쫓는 작품은 문장의 구조, 표현 방식이 판이할 수밖에 없겠죠. 이들을 동일한 문체로 쓰겠다고 생각하는 작가는 성공하기 어려울 것입니다. 이미 18세기에 "문체란 적당한 곳에 적당한 단어를 쓰는 것"이라는 말이 나왔습니다. 이 말을 한 사람은 《걸리버 여행기》로 유명한 조너선 스위프트입니다.

같은 계통의 소설이라 해도 쓸 때마다 동일한 어휘, 동일한 묘사, 동일한 문장이 반복된다면 그 작가의 글을 또 읽을 사람이 있을지 알 수 없을 겁니다.

그럼에도 불구하고 한 작가의 이어지는 작품들 속에는 같은 울림이 있게 마련입니다. 글이란 결국 반복된 훈련으로 다듬어진 것이라 모든 부분에서 새로워진다는 건 불가능하기 때문입니다. 하

지만 걱정할 필요는 전혀 없습니다. 어떤 소설이건, 소설은 시와는 달라서 작품을 읽고 전체를 외운다거나 하는 일은 일어나지 않습니다. 소설을 읽고 난 뒤에는 그 소설이 준 느낌, 감동 그리고 마음을 울린 독특한 문장만이 기억에 남습니다.

좋은 문장 쓰는 법

특별하고 뛰어난 문장을 쓰려면 무엇이 필요할까요?

일단 가장 필요한 것은 '어휘'입니다. 풍부한 어휘력이 중요합니다. 그리고 더 중요한 건 단어의 정확한 뜻을 알고 있는 겁니다. 애매한 부분이 조금이라도 남아 있다면 사전을 찾아보세요.

사전을 늘 사용하는 버릇은 유용합니다. 적절한 곳에 적절한 단어 하나를 쓰는 것만으로도 독자에게 아주 뚜렷한 인상을 남길 수 있습니다. 리얼리즘 소설을 완성했다고 일컬어지는 프랑스의 소설가 귀스타브 플로베르는 한 가지 사물을 표현하는 단어는 오직 하나라고 이야기합니다. "우리들은 오직 하나의 명사와 오직 하나의 동사와 오직 하나의 형용사를 발견하기까지 탐구해야만 한다"라는 말도 남겼죠.

조선 시대가 배경인 소설을 쓰고 있다고 생각해 보세요. 갑돌이가 갑순이와 백년가약을 맺는 날을 이렇게 묘사하면 어떨까요?

오늘은 갑돌이와 갑순이의 웨딩이 있는 날이다.

말도 안 되겠죠? 아주 잘못된 단어입니다. 그럼 이렇게 쓰는 건 어떨까요?

오늘은 갑돌이와 갑순이의 결혼식이 있는 날이다.

딱히 잘못된 것은 아니지만 '결혼식'은 현대에 와서 사용하게 된 말이라 어색해 보입니다.

오늘은 갑돌이와 갑순이가 혼인을 맺는 날이다.

'혼인'이라는 말을 쓰면 옛날 느낌이 확 살아나게 됩니다. 이런 경우도 봅시다.

평소 같으면 신경 쓰지 않았겠지만, 바깥 공기와 함께 향기로운 향수 냄새가 내 코를 찔렀기에 무의식적으로 돌아본 것이다.

향기에는 냄새라는 의미가 포함되어 있는데 '향기로운 향수 냄새'라고 한다면 같은 말을 또 하는 셈이 되겠죠. 향기가 '코를 찔렀'다는 것도 적절하지 않은 묘사입니다. 찌른다는 표현은 공격적이기 때문에 향기와 같이 아름다움을 표현하는 단어와는 어울릴 수 없습니다.

적합한 말을 찾는 좋은 방법 중 하나는 유의어(비슷한 말) 사전을 가지고 있는 것입니다. 스마트폰 앱으로도 나와 있습니다. 하나의 의미를 표현하는 여러 가지 단어들은 여러분의 문장을 풍부하게 만들어 줄 것이고, 그게 바로 여러분의 문체가 될 겁니다.

물론 그렇다고 해서 사전을 찾아보지 않고는 알 수 없는 단어들을 마구 쓰는 건 단순히 배운 지식을 자랑하는 일일 뿐입니다. 역사 소설을 쓴다고 해서 지금은 잘 모르는 단어들을 줄줄이 넣으면 이상하죠. 아래 문장은 그냥 예시입니다만, 21세기 사람에게는 무슨 말인지 알 수 없는 소리입니다.

금일은 갑돌이와 갑순이가 성쌍하는 날로 갑돌이는 악옹의 옥려 앞에 긍하여 깊이 숨을 들이켰다.

그다음으로 필요한 것은 '서술(narration)'과 '묘사(description)'의 적절한 조화입니다. 서술은 이야기를 진행시킵니다. 묘사는 이야기의 공간을 보여 주죠. 하나만 등장해서는 안 되며, 이 두 가지를 적절히 배합하는 게 좋습니다. 둘은 교대로 균형을 잡아 가면서 펼쳐져야 합니다. 의식의 흐름과 장면의 묘사, 대화와 혼자만의 생각 등이 자연스럽게 가로세로로 교차되어 옷감 짜듯이 고르게 배열되어야 한다는 뜻입니다.

불필요한 표현을 제거하는 작업도 필수적입니다. 처음 쓰인 문장은 아직 매끈하게 다듬어지지 않은 프라모델과 비슷합니다. 사포를 들고 와서 삐죽삐죽 튀어나온 부분을 깎아버려야 하죠. 덕지덕지 붙어 있는 장식물도 떼고 곱게 채색을 해 줘야 합니다. 피동이나 사동으로 된 문장도 가능하면 능동으로 고쳐 봅시다. 읽는 사람의 짜증만 돋우는 부사들을 과감하게 지우고, 한 문장에 시간과 공간을 과도하게 모아 놓았다면 분리해버립시다. 가령,

그는 거실의 소파에 앉아 잡지를 보다가 방 안으로 들이치는 비를 피하고자 덧창을 내렸다.

이런 서술은 곤란합니다. 한 문장 속에 표현되지 않은(소파에서 일어나 잡지를 내려놓는) 동작까지 포함하면 다섯 동작이나 들어가 있습니다. 저 문장을 어떻게 고칠 것인가는 소설 안에서 어떤 동작의 비중이 얼마나 큰가에 달려 있습니다.

문체는 문장과 문장이 이어지면서 드러납니다. 문장마다 다른 흐름을 보여 줄 때 더욱 잘 읽히죠. 그러니 문체를 잘 살리려면 여러 문장을 쓰는 연습이 필요합니다.

그가 나를 기다린다고 들었다. 나도 그를 기다리고 있었다. 겨울. 차고 메마른 이 서쪽 땅은 화려한 궁전으로도 그 쓸쓸함을 덮을 수 없다. 그래서 나는 그를 기다릴 수밖에 없었다. 바람마저도 흰색인 이곳에서 살아 있음을 느끼려면 오직 그가 오는 길밖에 없을 테니까.

위 글은 제 소설 〈구도〉의 첫대목입니다. 첫 문장은 두 번째 문장의 주어와 목적어를 바꿔서 썼습니다. 보통 같은 단어를 반복하지 말라는 말을 많이 하는데, 필요하다면 얼마든지 반복할 수 있습니다. 두 문장은 같은 말이 반복되지만 팽팽한 긴장감을 전달합니다. 서로 만날 수 없는 두 사람의 운명이 첫 문장에서 보이는데, 그다음은 단어 하나로 긴장감을 더 높입니다. '메마른' '쓸쓸함'이라는 말과 '화려한' '살아 있음'이라는 말은 대조를 일으킵니다. 이유가 분명한 문장들이죠. 다음 문장도 볼까요?

이제는 돌아가고 싶어도 돌아가지 못하는 집을 보면서 한숨을 쉴 수밖에 없는 신세가 되어버린 내 자신을 <u>보면서</u> 한숨밖에 나오질 않는다.

한 문장 안에 '보면서'가 두 번 나오는데 여기에는 딱히 이유가 없습니다. 이렇게 이유 없는 단어의 반복은 글을 무기력하게 만듭니다. 동일하진 않지만 비슷한 단어의 반복도 좋지 않을 때가 있습니다.

속으로 비웃음과 함께 냉소적인 모습을 보여 줄 것이다.

이 문장 하나에 두 가지 문제가 있습니다. '비웃음'은 '냉소'와 별 차이가 없는 말입니다. '속으로'와 '보여 줄 것이다'는 서로 어울리지 않는 표현이고요.
하지만 이유만 있다면 어떻게든 쓸 수 있죠.

그는 내가 만 리나 떨어진 이곳에 있다는 사실을 <u>모를 것이</u>다. 그는 내가 갑섭을 죽인 것도 <u>모를 것이다</u>. 그는 내가 그를 흠모하고 있다는 것 또한 <u>모를 것이다</u>.

위 글에서는 '모를 것이다'가 세 번이나 되풀이되고 있습니다. 되풀이하면서 점점 더 화자의 내면으로 들어가고 있군요. 리듬감을 살리려면 이렇게 쓸 수도 있습니다.

의미가 없는 단어를 지우고, 의미가 없는 문장을 지우고, 의미가 없는 문단을 지우세요. 작가는 작품 속에서 자신의 성을 세웁니다. 공간을 효율적으로, 그리고 아름답게 만드는 것이 좋겠죠. 아무의미 없는 공간을 만들지 않으려고 하다 보면 그 안에서 자신의 성, 자신의 스타일, 자신의 문체를 찾아낼 수 있습니다.

모순과 오류를
발견하는 시간

퇴고

14

글을 다 쓴 후에
고치는 작업을 가리켜
'퇴고'라고 합니다.

영어로는 공을 들여
갈고닦는다는 뜻인데,
우리말에는 어떤 의미가
있을까요?

당나라 때의 이야기입니다. 시인이었던 가도라는 스님이 어느 날 시를 썼는데, 그 시에는 다음과 같은 구절이 들어 있었습니다.

새는 연못가 나무 위에서 잠들고
스님은 달빛 아래 문을 밀어 보네

그런데 스님은 마지막 구절로 "달빛 아래 문을 두드리네"가 더 좋지 않을까 생각하게 되었습니다. '밀다'라는 뜻의 '퇴推'와 '두드린다'는 뜻의 '고敲'를 놓고 고민에 빠졌죠. 그렇게 앞도 보지 않고 걸어가다가 한 고관의 행차와 부딪치고 맙니다. 불호령이 내릴 줄 알았으나 다행히도 그 고관이 당대의 문장가인 한유였습니다. 한유는 가도가 자신의 행차를 방해한 이유를 듣고 '고敲'가 더 좋겠다는 충고를 해 줬습니다. 글을 고치는 것을 퇴고라 부르게 된 건 이

일화에서 유래했습니다.

퇴고의 중요성

일필휘지로 글을 쓰고, 그것이 세상을 뜨르르 울릴 멋진 소설이 되어 준다면야 얼마나 좋겠습니까마는, 사실 글은 고치고 고치고 또 고쳐야 좀 쓸 만해지는 법입니다.

조선 시대 문인이었던 김일손은 글을 쓰고 나면 상자 안에 던져두고 몇 달이 지난 다음에야 다시 꺼내서 읽어 보고 고쳤다고 합니다. 어떤 발상이 와서 글을 쓰게 되면 빨리 완성해 보고 싶은 게 인지상정일 텐데 왜 그렇게 했을까요?

글이 한참 써질 때는, 손이 왜 이리 더딘가 하고 자신을 책망하는 일까지 있게 마련입니다. 일종의 도취 상태에서 글을 쓰게 되죠. 그래서 글 속의 모순과 오류를 깨닫지 못합니다. 김일손은 바로 이 점을 잘 알고 있었기에 감정이 식기를 기다려 퇴고에 들어간 것입니다.

이렇게 자신의 글에 냉정해지기란 쉬운 일이 아닙니다. 실제로 글에 표현되지 않아 부족한 부분은 작가 자신이 잘 알고 있고, 여러 차례 생각했기 때문에 아무 문제없이 읽히죠.

퇴고의 요령 세 가지

퇴고에는 요령이 있습니다. 특히 소설의 퇴고는 더욱 요령이 필요합니다.

우선은 큰 틀에서 살펴보세요. 글의 전체적인 흐름이 안정되어 있고, 애초에 의도한 대로 작성되었는가를 자세히 보는 겁니다. 이것이 가장 중요합니다.

그다음에는 설명에 불필요한 부분은 없는가, 또 설명이 과도한 부분은 없는가를 찾아봐야 합니다. 대개 이 부분을 가장 어려워합니다.

운동장에서 소리가 들려와요. 지금은 수업 시간이라 운동장을 쓸 일이 없는데 체육이라도 하는 걸까요?

딱히 잘못된 문장은 아닙니다. 하지만 학교라는 공간임을 생각해 보면 저렇게 길게 쓸 필요가 없죠. 다음과 같이 써 봅시다.

운동장에서 소리가 들려와요. 체육 수업을 하는 반이 있나 봅니다.

작가는 머릿속에 모든 것이 다 들어 있기 때문에, 자신이 무엇을 이야기하지 않았는지 잘 모를 때가 많습니다. 특히 습작이 부족하면 쉽게 이 함정에 걸립니다. 대체로 지루하게 설명이 많은 경우보다 빼먹어버리는 경우가 많죠. 이런 부분을 가리켜 글이 '비약'했다고 말합니다. 순서상 필요한 대목을 쓰지 않고 건너뛰는 것입니다.

"야, 이남우! 오늘은 또 무슨 생각했냐?"

혜리가 생글생글 웃으며 달려온다.

"그냥 오늘은 시간에 대해서 생각했어."

나는 별거 없다는 듯 천천히 걸어가며 말했다.

혜리가 생글생글 웃으며 달려오고 있습니다. 그럼 혜리의 말은 어느 시점에서 나온 걸까요? 달려오기 전에? 달려왔다는 건 둘 사이에 어느 정도 거리가 있었다는 뜻이므로 내가 혜리의 말을 알아들으려면, 혜리는 고함을 쳤어야 할 것 같네요. 그리고 나는 혜리를 바라보고 있어야 합니다. 그래야 혜리가 웃으며 달려오고 있다는 걸 알 수 있으니까요.

그런데 왜 혜리는 웃으며 달려오다 고함까지 친 걸까요? 내가 천천히 걸어갈 때 혜리는 달려왔는데 이제는 나와 같이 걷고 있는 것일까요? 아마도 작가는 그렇게 생각했을 겁니다. 하지만 둘이 만난 뒤에 어떤 행동을 했는지 글로는 알 수가 없습니다. 작가의 머릿속에 있는 장면이 뜨문뜨문 나온 거죠. 친구와 만나는 장면을 그냥 머리로만 쓰지 말고, 진짜 친구를 만났을 때 물리적으로 상황이 어떻게 흘러가는지를 잘 떠올려서 묘사하기 바랍니다.

이런 부분을 스스로 찾아내기 힘든 경우에는 앞서 이야기한 김일손처럼 글을 오래 묵혔다가 나중에 읽어 보면 도움이 될 수도 있습니다. 써 놓지 않은 부분을 잊어버리게 되면 자신도 그 글을 처음 읽는 독자와 다를 것이 없죠. 그럼 쉽게 비약한 부분을 발견할 수 있습니다.

비약을 하는 이유는 글의 논리가 부족해서입니다. 얌전한 모범생이었던 주인공이 난폭해진다면 그만한 갈등이 있어야 함은 물론, 그 아이의 성격 저 깊숙한 곳에 폭력적인 성향이 있어야 합니다. 그것을 어떻게 나타내는가는 전적으로 작가의 역량에 달려 있습니다. 주인공이 사소한 부분에서 (독자가 읽을 때는 무심코 지나갈 정도로 사소하게) 폭력성을 드러내도록 할 수도 있고, 그 아이를 둘러싼 환경이 (그런 환경에 얌전한 아이가 있다는 사실이 오히려 모순이라 여겨질 정도로) 폭력적일 수도 있습니다.

설정에 오류가 있는 부분을 잡는 것도 소설을 퇴고할 때 눈여겨 봐야 할 점입니다. 설정에서는 어떤 실수를 하게 될까요?

가족 관계가 복잡하면 종종 혼란이 옵니다. 어머니 형제 오 남매가 등장하는 소설에서 큰 이모, 작은 이모에 외삼촌 세 분이 나오면 어떨까요? 어머니는 어디 계신 걸까요? 이런 오류를 피하려면 설정을 따로 정리하는 작업이 꼭 필요합니다.

물건값과 같은 것도 무심히 쓰면 틀리기 일쑤입니다. 가령 호빵을 네 개 샀는데 2300원을 냈다고 쓴다면 말이 되지 않습니다. 대체 그 호빵은 한 개에 얼마일까요? 이런 부분에서 더 주의를 기울여야 합니다. 소소하지만 누구나 알 수 있는 내용이 사실과 맞지 않으면 글 전체에 대한 신뢰도가 뚝 떨어지게 됩니다.

날짜, 특히 연도와 시간은 쓰기 전에 별도의 표를 만들어서 점검해 보는 것이 좋습니다. 편집자들이 작품을 검토하며 교정을 볼 때 주의 깊게 하는 작업 중 하나이기도 합니다.

과학 지식이 필요한 경우도 있습니다. 뭔가 이상하면 조사를 해 보세요.

성적표의 심술로 눈동자에 이슬이 차오르는 소리를 파열된 고막이 들은 것이다.

고막이 파열되면 소리를 들을 수 없죠.

퇴고라고 하면 맞춤법을 먼저 떠올리기 쉽습니다. 물론 맞춤법을 잘 지키는 것도 중요합니다. 하지만 맞춤법이 맞아도 좋지 않은 문장들이 있습니다. 예를 들어 소유격 조사 '의'나 목적격 조사 '을/를'을 마구 쓰는 경우입니다.

사랑스러운 <u>나의</u> 집에 들어서자 <u>나의</u> 배는 밥<u>을</u> 달라고 요동<u>을</u> 치고 있었다.

한 문장에서 '나의'가 두 번, '~을'이 두 번 사용되었습니다. 아래와 같이 고쳐 봅시다.

사랑스러운 집에 들어서자 내 배는 밥을 달라고 요동치고 있었다.

퇴고는 단순히 맞춤법을 고치거나 비문을 찾아내 고치는 정도가 아닙니다. 글은 퇴고로 완성됩니다.

두려움을 버리자

글을 쓰는 사람들은 자기 글에 대한 두려움이 있습니다. 정말 잘 쓴 걸까, 어딘가 문제가 있는 건 아닐까 걱정하죠. 프로 작가가 된 뒤에도 걱정이 사라지지 않으니 습작할 때는 더욱 심하게 걱정하기 마련입니다. 이 때문에 다른 사람에게 글을 보여 주지 않으려 하는 경향도 생깁니다. 혼자 백날 고민하는 것보다 다른 사람의 의견을 한 번 듣는 것이 더 좋은데도 많이들 망설입니다.

"재미없는데?"

"무슨 이야긴지 모르겠어."

"시간 버렸어."

와 같은 이야기를 들을까 봐 무서운 거죠. 그 말이 줄 상처가 두려운 겁니다. 하지만 그런 상처를 입지 않으려고만 한다면 글쓰기가 늘 리 없습니다.

처음에는 친구들끼리 돌려 보는 것도 괜찮습니다. 친구가 글에 관해 어떤 이야기를 하건 다 받아들이도록 하세요. 물론 자기가 열심히 쓴 작품을 낮춰 보면 기분 나쁠 수는 있습니다. 하지만 일단 납득되는 부분은 받아들이고 그렇지 않은 부분은 마음 한구석으로 밀어 둡니다. 너무 신경을 써도 좋을 게 없습니다.

더 중요한 건 전문가의 도움을 받는 겁니다. 소크라테스는 '보통 사람이 아니라 운동선수에게 운동에 대한 조언을 듣는 것이 옳다'고 말했는데, 정말 중요한 말이라 하겠습니다. 글쓰기에 대한 조언도 전문가에게 듣는 것이 좋습니다. 전문가란 막연하게 잘 썼다, 잘못 썼다고 하는 게 아니라 구체적으로 어떤 부분에 문제가 있는지를 짚어 줄 만큼 글에 대한 지식과 안목이 있는 사람이죠.

이 책의 서두에서 마음속 상처를 다독이기 위한 방법으로 글을 써 보자는 이야기를 했습니다. 상처가 무엇인지 알아내고 똑바로 바라보며 막연한 두려움에서 벗어나기 위해 지금까지 걸어왔죠. 이때 다른 사람의 피드백은 우리가 글쓰기의 요령을 익히도록 이끌어 줌으로써 마음속 상처라는 괴수를 능숙하게 다룰 수 있게 합니다.

상처를 치유하기 위해 글을 쓴다는 것은 그걸 없애버린다는 뜻이 아니라 어떻게 안고 살아갈 수 있는가를 살펴본다는 뜻입니다. 우리가 살아갈 힘을 얻기 위한 방법입니다. 그저 생각하지 않으려 하고 회피한다고 해서 상처를 소멸시킬 수는 없습니다. 그 상처는 어느 날 더 크고 더 아프게 우리를 공격해 마음을 지옥의 구렁텅이로 빠뜨릴 수 있습니다. 입마개를 하고 장화를 신겨 상처가 더 이상 우리를 물지도 할퀴지도 못하게 해야 합니다. 글쓰기는 여러분의 마음이 상처에 전부 잡아먹히지 않도록 도와줄 것입니다.

가끔은 이 과정을 반대로 하는 사람을 봅니다. 마음속 상처를 키워야 글을 잘 쓸 수 있다고 생각하는 겁니다. 이런 일은 절대로 가능하지 않습니다. 이것은 착한 척하기의 반대라고나 할까요. 결국 가식적이고 작위적인 글쓰기로 나아갈 수밖에 없습니다.

누구나 비평을 받는다

옛날 어떤 임금님이 천리마를 찾고 있었습니다. 신하에게 황금 1000냥을 주며 천리마를 구해 오라고 했죠. 그런데 신하는 천리마가 아니라 천리마의 뼈다귀만 구해 왔습니다. 더구나 그 뼈다귀에 무려 황금 500냥을 썼습니다. 임금님은 노발대발했습니다. 아무짝에도 쓸모없는 죽은 말을 사 왔으니까요. 하지만 신하는 태연하게 말했습니다.

"천리마는 쉽게 구할 수 있는 것이 아닙니다. 하지만 임금님께서 죽은 천리마도 황금 500냥에 샀다는 소문이 나면 산 천리마를 가진 사람들이 임금님께 천리마를 팔기 위해 찾아올 것입니다."

과연 신하의 말대로 1년도 되지 않아 천리마를 팔겠다는 사람이 세 명이나 임금님을 찾아왔습니다.

중국의 역사서《십팔사략》에 나오는 이야기입니다. 이 이야기는 창작을 하는 사람들에게 중요한 점을 일깨워 줍니다. 쓸모없는 비평도 받아들인다면 더 좋은 비평을 얻을 수 있다는 겁니다.

비평을 하는 사람이 작가에게 악감정을 가지고 있지 않다는 걸 인정하고 가장 먼저 생각하세요. 글을 쓰는 사람들은 누구나 자기 글에 애착을 가지고 있습니다. 오랫동안 머릿속에서 익혀 온 것을 눈과 손을 이용해 글이라는 형태로 만들었기 때문에, 글이 비판받으면 마치 자기 자신이 공격당하는 듯한 기분을 느끼게 되죠.

하지만 그렇다고 해서 신경질을 부리거나 화를 낸다면 여러분의 글을 읽고 솔직하게 반응해 줄 친구가 없어집니다. 여러분도 그런 일이 걱정되어 다음에는 자기 작품을 보여 주지 않게 되고요. 충분히 믿을 수 있는 친구나 전문가에게 조언을 구하세요.

제일 중요한 것은 모든 충고가 소중한 건 아니라는 점을 깨닫는 겁니다. 죽은 천리마처럼 도움이 되지 않는 충고도 있습니다. 그런 충고라면 마음 깊이 생각할 필요가 없겠죠.

그래도 마음에 걸릴 때면 이렇게 생각해 보세요. J. K. 롤링의《해리 포터》도 출판사에 몇 번이나 거절당했다는 사실을. 이제는 전

세계의 고전이 된 《바람과 함께 사라지다》도 스물다섯 군데 출판사에서 퇴짜를 맞았습니다. 《야성의 부름》을 쓴 미국의 소설가 잭 런던은 첫 작품을 출판할 때까지 거절 편지를 600통이나 받았다고 합니다. 이런 대작가들도 작품에 문제가 있다는 평을 받았던 것입니다.

아직 습작 단계인데 벌써부터 비평이 무섭다고 움츠러들면 소설을 계속 쓰기 어렵습니다. 자신에게 부족한 부분이 무엇인지 정확히 알면 두려울 게 없습니다. 상대방의 말을 들어 보세요. 글을 쓴 본인에게는 이상한 것도 없고 궁금한 것도 없습니다. 완전한 세계를 만들었다고 생각하죠. 바로 여기서 문제가 시작됩니다. 궁금한 것이 없어 쓰지 않은 부분이, 다른 사람에게는 궁금한 이야기가 되는 겁니다.

자기 소설이니까 자기는 당연히 다 알고 있습니다. 하지만 남도 그런 건 아니죠. 그런데도 지적을 당하면 발끈해서 내가 이런 것도 모르는 줄 아느냐, 네가 잘못 생각한 거다, 모든 이야기를 시시콜콜 설명하면 그게 일기지, 소설이냐 등등의 반론이 목구멍으로 치밀어 오릅니다.

그러지 마세요. 여러분은 그 사람을 설득하려고 글을 보여 준 것이 아닙니다. 작가는 글로 말한다는 명언이 있습니다. 세상에 나간 작품은 그 자체로 완전해야 합니다. 작가가 방패와 칼을 들고 쫓아

다니며 작품을 보호하려 한다면, 작품이 완전하지 못하다는 걸 스스로 증명하는 겁니다.

먹이를 주지 맙시다

책을 많이 읽는 건 작가가 되기 위한 조건이지만 책을 좋아한다고 해서 모두 작가가 되지는 않습니다. 작가가 되는 사람과 그냥 책을 좋아하는 사람 사이에는 한 가지 중요한 지점이 있습니다. 불타는 고리 같은 것이죠. 그 고리를 통과하면 서커스의 일원이 되는 것처럼, 작가가 되려는 사람도 통과해야 하는 고리가 있습니다. 바로 자기 자신에 대한 한없는 긍정입니다.

프로 작가란 자기가 쓴 글을 돈 내고 사 보라고 하는 사람입니다. 엄청 뻔뻔한 사람입니다. 그만큼 자기 글에 자신이 있는 사람입니다. 설령 판매가 저조하다 해도 그건 자기 작품이 시대를 너무 앞서 나가서 이해하는 사람이 적은 것뿐이기 때문이고 결국에는 수백 년을 살아남으리라 생각합니다.

그렇게 글을 쓰면서 글도, 작가도 성장합니다. 나아가 자기 작품을 좋아해 주는 사람들과 소통하게 됩니다. 하지만 어떤 사람들은 쓰라린 비평을 남기기도 하죠. 그것이 악플인지 아닌지는, 작가의 글에 애정이 있는지 없는지는 비평의 내용을 보면 알 수 있습니다.
아이작 아시모프는 이런 말을 합니다.

개별 독자들이 보내오는 인색한 논평에 마주칠 수도 있다. 독자들은 작가들을 씹으며 쾌감을 느끼기도 하고 독설을 퍼붓기도 하고 경멸도 하기 때문이다. 하지만 독자들에게 과연 그럴 자격이 있기나 하단 말인가?

글을 쓰면서 아시모프와 같은 자신감을 가지는 건 아주 중요합니다. 자기 자신에 대한 믿음이 여러분을 작가로 만들어 줄 것이기 때문입니다. 좌절하지 말고 언제나 자신을 믿으세요. 그때, 여러분은 다른 사람의 비평을 감사히 들을 수 있게 됩니다.
물론, 아시모프는 위대한 작가고 이 말은 그가 말년에 했던 이야기니 읽는 우리는 조금 물러나서 이해해야 할 겁니다. 쇼펜하우어의 말도 함께 봐 두도록 하죠.

하나의 작품이 '불후'의 작품으로 영원히 기억되기 위해서는 여러 가지 아름다운 미적 감각과 장점을 풍부하게 갖추는 것과 더불어, 이 모든 조건을 이해하고 평가할 수 있는 독자를 찾아야 한다. 당연히 말처럼 쉬운 이야기는 아니다. 위대한 작품에 합당한 경의를 표할 줄 아는 사람이 극히 적기 때문이다.

그러니 악플은 상대하지 말고 무시하세요. 휘둘릴 필요가 하나도 없습니다. 악플러들을 꼼짝 못 하게 눌러버린다 해도, "정신승리하네"라며 달아날 겁니다. 다른 사람의 불쾌한 감정을 먹고 사는 이들에게 먹이를 주지 마세요. Don't Feed the Trolls.

참고 자료

소설

가와바타 야스나리, 《설국》, 1937

루쉰, 《아Q정전》, 1921

마거릿 미첼, 《바람과 함께 사라지다》, 1936

미구엘 드 세르반테스, 《돈키호테》, 1605

스티븐 킹, 《하트 인 아틀란티스》, 1999

싱숑, 《전지적 독자 시점》, 2018~2020

아가사 크리스티, 《애크로이드 살인 사건》, 1926

얀 마텔, 《파이 이야기》, 2001

에드거 앨런 포, 《모르그 가의 살인 사건》, 1841

이문영, 〈구도〉, 월간 《판타스틱》(2008. 9), 페이퍼하우스, 2008

이문영, 《다정》, 동방미디어, 2000

이상, 〈날개〉, 월간 《조광》(1936. 9), 조선일보사, 1936

이원수, 《잔디 숲 속의 이쁜이》, 1973

작자 미상, 《심청전》, 연대 미상

작자 미상, 《홍길동전》, 연대 미상

잭 런던, 《야성의 부름》, 1903

조너선 스위프트, 《걸리버 여행기》, 1726

조지 오웰, 《동물농장》, 1945

조지 오웰, 《1984》, 1949

카를로 콜로디, 《피노키오》, 1883

커트 보니것, 《제5도살장》, 1969

프랭크 바움, 《오즈의 마법사》, 1900

E. T. 시튼, 〈늑대 왕 로보〉, 1894

J. D. 샐린저, 《호밀밭의 파수꾼》, 1951

J. K. 롤링, 《해리 포터》 시리즈, 1997~2007

R. L. 스티븐슨, 《보물섬》, 1883

영화

〈식스 센스〉, 1999

〈스파이더 맨: 홈커밍〉, 2017

〈트로이〉, 2004

인용문

네이딘 고디머, 이상화 역, 《가버린 부르조아 세계》, 창작과비평사, 1991

미국추리소설작가협회, 고연기 역, 《추리소설 쓰는 법》, 보성사, 1987

쇼펜하우어, 김욱 역, 《쇼펜하우어 문장론》, 지훈, 2005

스티븐 킹, 김진준 역, 《유혹하는 글쓰기》, 김영사, 2002

아이작 아시모프, 김선형 역, 《아이작 아시모프 SF특강》, 한뜻, 1996

제임스 미치너, 이종인 역, 《작가는 왜 쓰는가》, 예담, 2008

진산, 《진산 무협 단편집》, 파란미디어, 2015

황석영, 《가객》, 문학동네, 2017

J. R. R. 톨킨, 김번 외 역, 《반지 전쟁》, 예문, 1991

Gao Xingjian, "The Case for Literature", The Nobel Prize in Literature, 2000

"[특별 인터뷰] 미야모토 시게루-닌텐도 개발본부장", 〈전자신문〉, 2009. 2. 10.